花意生香

岩羽 —— 著

华中科技大学出版社
http://press.hust.edu.cn
中国·武汉

平芜尽处是春山

Pingwu Jinchu Shi Chunshan

宗蓁著

策划编辑：梁志敏
责任编辑：陈希
封面设计：戴利设计
责任校对：谢源
责任监印：朱玢

出版发行：华中科技大学出版社（中国·武汉）　　电话：(027) 81321913
武汉市东湖新技术开发区华工科技园　　邮编：430223
印　刷：湖北新华印务有限公司
开　本：880mm×1230mm　1/32
印　张：7.75　插页：1
字　数：146千字
版　次：2025年2月第1版第4次印刷
定　价：39.80元

本书若有印装质量问题，请向出版社营销中心调换
全国免费服务热线：400-6679-118　竭诚为您服务

版权所有　侵权必究

图书在版编目(CIP)数据

平芜尽处是春山 / 宗蓁著. —武汉：华中科技大学出版社，2023.10
（2025.2重印）
ISBN 978-7-5680-9952-3

Ⅰ.①平… Ⅱ.①宗… Ⅲ.①散文集—中国—当代 Ⅳ.①I267

中国国家版本馆CIP数据核字（2023）第163787号

花和人都会遇到各种各样的不幸,
但是生命的长河是无止境的。

目录
CONTENTS

第一辑
忽有故人心上过 *

> 柳枝并不想跻身松柏等岁寒之友中，它只是努力尽自己的本分，尽量绿得长一些，就像一个普通正常的母亲、平凡清白的人一样。

花朝节的纪念 / 003

柳信 / 012

心的嘱托 / 017

那青草覆盖的地方 / 022

三松堂断忆 / 028

蜡炬成灰泪始干 / 036

哭小弟 / 043

水仙辞 / 051

*注：此处为编者编辑主题，非作者语录，其余同。

第二辑
最是人间草木抚人心

> 花和人都会遇到各种各样的不幸,但是生命的长河是无止境的。

紫藤萝瀑布 / 059

丁香结 / 062

好一朵木槿花 / 064

松侣 / 068

报秋 / 073

秋韵 / 076

送春 / 079

二十四番花信 / 083

在黄水仙的故乡 / 086

花的话 / 089

第三辑
读书知味,行路生香

> 四时读书乐,另两时记不得了。乃另诌了两句,曰:"读书之乐何处寻?秋水文章不染尘。""读书之乐乐融融,冰雪聪明一卷中。"

恨书 / 095

卖书 / 099

乐书 / 103

告别阅读 / 107

读书断想 / 113

爬山 / 115

西湖漫笔 / 122

三峡散记 / 127

鸣沙山记 / 134

第四辑
生命是一个说故事的人

在这条漫长而又短促的道路上,那淡蓝和纯白的花朵,"勿忘我"和"勿念我",是必不可少的。因为人世间,有许多事应该永远记得,又有许多事是早该忘却了。

萤火 / 141

猫冢 / 146

三幅画 / 152

散失的墨迹 / 156

风庐茶事 / 161

风庐乐忆 / 165

彩虹曲社 / 169

药杯里的莫扎特 / 173

那祥云缭绕的地方 / 177

京西小巷槐树街 / 183

三千里地九霄云 / 186

第五辑
我心安处是燕园

> 一切事物聚到头,终究要散去的,
> 散往各方,犹如天上的白云。

我爱燕园 / 195

燕园树寻 / 200

燕园石寻 / 205

燕园桥寻 / 209

人老燕园 / 213

霞落燕园 / 219

湖光塔影 / 227

云在青天 / 232

第一辑 忽有故人心上过

柳枝并不想跻身松柏等岁寒之友中,它只是努力尽自己的本分,尽量绿得长一些,就像一个普通正常的母亲、平凡清白的人一样。

花朝节的纪念

农历二月十二日,是百花出世的日子,为花朝节。节后十日,即农历二月二十二日,从一八九四年起,是先母任载坤先生的诞辰。迄今已九十九年。

外祖父任芝铭公是光绪年间举人。早年为同盟会员,奔走革命,晚年倾向于马克思主义。他思想开明,主张女子不缠足,要识字。母亲在民国初年进当时的女子最高学府北京女子师范学校读书,一九一八年毕业。同年,和我的父亲冯友兰先生在开封结婚。

家里有一个旧印章,刻着"叔明归于冯氏"几个字,叔明是母亲的字。以前看着不觉得,父母都去世后,深深感到这印章的意义。它标志着一个家族的繁衍,一代又一代来到世上,扮演各种角色,为社会做一点努力,留下了各种不同色彩的记忆。

在我们家里,母亲是至高无上的守护神。日常生活全是母亲料理，三餐茶饭，四季衣裳，孩子的教养，亲友的联系，需要多少精神！我自幼多病，常在和病魔做斗争，能够不断战胜疾病的主要原因是我有母亲。如果没有母亲，很难想象我会活下来。在昆明时我严重贫血，上"纪念周"站着站着就晕倒，后来索性染上肺结核休学在家。当时的治法是一天吃五个鸡蛋，晒太阳半个小时。母亲特地把我的床安排到有阳光的地方，不论多忙，这半小时必在我身边，一分钟不能少。我曾由于各种原因多次发高烧，除延医服药外，母亲费尽精神护理。用小匙喂水，用凉手巾敷在额上。有一次高烧昏迷中，觉得像是在一个狭窄的洞中穿行，挤不过去。我以为自己就要死了，一抓到母亲的手，立刻知道我是在家里，我是平安的。后来我经历名目繁多的手术，人赠雅号"挨千刀的"。在挨千刀的过程中，也是母亲，一次又一次陪我奔走医院。医院的人总以为是我陪母亲，其实是母亲陪我。我过了四十岁，还是觉得睡在母亲身边最心安。

　　母亲的爱护，许多细微曲折处是说不完，也无法全捕捉到的。但也就是因为有这些细微曲折才形成一个家，这人家处处都是活的，每一寸墙壁、每一寸窗帘都是活的。小学时曾以"我的家庭"为题作文。我写出这样的警句："一个家，没有母亲是不行的。母亲是春天，是太阳。至于有没有父亲，不很重要。"作业在开家长会时展览，父亲去看了，回来向母亲描述，对自己的地位似并不在意，以后也并不努力增加自己的重要性，只顾沉浸在他的哲学世界中。

古希腊文明是在奴隶制时兴起的，原因是有了奴隶，可以让自由人充分开展精神活动。我常说父亲和母亲的分工有点像古希腊。在父母那时代，先生专心做学问，太太操劳家务，使无后顾之忧，是常见的。不过我的父母亲特别典型。他们真像一个人分成两半，一半主做学问，一半主理家事，左右合契，毫发无间。应该说，他们完成了上帝的愿望。

母亲对父亲的关心真是无微不至，父亲对母亲的依赖也是到了极点。我们的堂姑父张岱年先生说："冯先生做学问的条件没有人比得上。冯先生一辈子没有买过菜。"细想起来，在昆明乡下时，有一阵子母亲身体不好，父亲带我们去赶过街子，不过次数有限。他的生活基本上是水来湿手，饭来张口。古人形容夫妇和谐用"举案齐眉"几个字，实际上就是孟光给梁鸿端饭吃，若问"是几时孟光接了梁鸿案"，也应该是做好饭以后。

旧时有一副对联："自古庖厨君子远，从来中馈淑人宜。"放在我家正合适。母亲为一家人真操碎了心。在没有什么东西的情况下，变着法子让大家吃好。她向同院的外国邻居的厨师学烤面包，用土豆引子，土豆发酵后力量很大，能"砰"的一声，顶开瓶塞，声震屋瓦。在昆明时一次父亲患斑疹伤寒，这是当时西南联大一位校医郑大夫经常诊断出的病，治法是不吃饭，只喝流质，每小时一次，几天后改食半流质。母亲用里脊肉和猪肝做汤，自己擀面条，擀薄切细，下在汤里。有人见了说，就是吃冯太太做的饭，病也会好。

一九六四年父亲患静脉血栓，在北京医院卧床两个月。母亲每天去送饭，有时从城里我的住处，有时从北大，都总是第一个到。我想要帮忙，却没有母亲的手艺。父亲暮年，常想吃手擀的面，我学做过几次，总不成功，也就不想努力了。

母亲把一切都给了这个家。其实母亲的才能绝不只限于持家。母亲毕业于当时的女子最高学府，曾任河南女子师范学校预科算术教员。她有一双外科医生的巧手，还有很高的办事能力。外科医生的工作没有实践过，但从日常生活中，从母亲缝补、修理的功夫可以想见。办事能力倒是有一些发挥。

五十年代初至一九六六年，母亲做居民委员会工作，任北大燕南、燕东、燕农、镜春、朗润、蔚秀、承泽、中关八大园的主任。曾为家庭妇女们办起装订社、缝纫社等。母亲不畏辛劳，经常坐着三轮车来往于八大园间。这是在家庭以外为社会服务，她觉得很神圣，总是全心全意去做。居委会成员常在我家学习。最初贺麟夫人刘自芳、何其芳夫人牟决鸣等都是成员。后来她们迁往城内，又有吴组缃夫人沈淑园等参加。五十年代有一次选举区人民代表,不记得是哪一位曾对我说,"任大姐呼声最高。"这是真正来自居民的声音。

我心中有几幅图像,愈久愈清晰。

一幅在清华园乙所,有一间平台加出的房间,三面皆窗,称为玻璃房。母亲常在其中办事或休息。一个夏日,三面窗台上摆着好几个宽口瓶和小水盆,记得种的是慈姑。母亲那时大概不到四十岁,身着银灰色起蓝花的纱衫,坐在房中,鬓发漆黑,肌肤雪白。常见外国油画有什么什么夫人肖像,总想怎么没有人给母亲画一幅。

另一幅在昆明乡下龙头村。静静的下午,泥屋、白木桌,母亲携我坐在桌前,为我讲解鸡兔同笼四则题。父亲从城里回来,点评说这是一幅乡居课女图。

龙头村旁小河弯处有一个小落差,水的冲力很大。每星期总有一两次,母亲把一家人的衣服装在箩筐里,带着我和小弟到河边去。还有一幅图像便是母亲弯着腰站在欢快的流水中,费力地洗衣服,还要看着我们不要跑远,不要跌进河里。近来和人说到洗衣的事,一个年轻人问,是给别人洗吗?还没到那一步,我答。后来想,如果真的需要,母亲也不怕。在中国妇女贤淑的性格中,往往有极刚强的一面,能使丈夫不气馁,能使儿女肯学好,能支撑一个家度过最艰难的岁月。孔夫子以为女人难缠,其实儒家人格的最高标准"富贵不能淫,贫贱不能移,威武不能屈",用来形容中国妇女的优秀品质倒很恰当,不过她们是以家庭为中心罢了。

母亲六十二岁时患甲状腺癌,手术后一直很好。六十年代末患胆结石,经常大发作,疼痛,发烧,最后不得不手术。那一年母亲七十五岁。夜里推进手术室,父亲和我在过厅里等,很久很久,看见手术室甬道那边推出一辆平车,一个护士举着输液瓶,就像一盏灯。我们知道母亲平安,仍能像灯一样给我们全家以光明、以温暖。这便是那第四幅图像了。握住母亲的手时,我的一颗心落在腔子里,觉得自己很有福气。

母亲虽然身体不好,仍是操劳家务,真没有过一天清闲的日子。她总是说,你们专心做你们的事。我们能专心做事,都因为有母亲,操劳一生的母亲!

记得是一九七七年九月十日,母亲忽然吐血,拍片后确诊为肺门静脉瘤。当时小弟在家,我们商量,母亲虽然年迈,病还是该怎么治就怎么治,不可延误。在奔走医院的过程中,受到许多白眼。一家医院住院部一位女士说:"都八十三岁了,还治什么!我还活不到这岁数呢。"可以说,母亲的病没有得到治疗,发展很快。最后在校医院用杜冷丁控制疼痛,人常在昏迷状态。一次忽然说:"要挤水!要挤水!"我俯身问什么要挤水,母亲睁眼看我,费力地说:"白菜做馅要挤水。"我的眼泪一下涌了出来,滴在母亲脸上。

母亲没有让人多侍候,不过三周便抛弃了我们。当时父亲还在受审查,她走时很不放心,非常想看个究竟,但她拗不过生死大限。她曾自我排解说,知道儿女是好的,还有什么可求呢?十月三日上午六时三刻,我们围在母亲床前,眼见她永远阖上了眼睛。我知道,我再不能睡在母亲身边讨得那样深的平安感了。我们的家从此再没有春天和太阳了。我们的家像一叶孤舟忽然失了掌舵的人,在茫茫大海中任意漂流。我和小弟连同父亲,都像孤儿一样不知漂向何方。

因为政治,亲友都很少来往。没有足够的人抬母亲下楼,幸亏那天来了一位年轻的朋友,才把母亲抬到太平间。当晚哥哥自美国飞回来,到家后没有坐下,立刻要"看娘去",我不得不告诉他母亲已去。他跌坐在椅上,停上半晌,站起来还是说"看娘去"。

父亲为母亲撰写了一副挽联:"忆昔相追随,同荣辱,共安危,期颐望齐眉,黄泉碧落君先去;从今无牵挂,斩名缰,破利锁,俯仰无愧怍,海阔天空我自飞。"自己一半的消失使父亲把一切都看透了。以后,母亲的骨灰盒一直放在父亲卧室里。每年春节,父亲必率领我们上香。如此凡十三年。直到一九九〇年初冬那凄惨的日子,父母相聚于地下。又过了一年,一九九一年冬,我奉双亲归窆于北京万安公墓,一块大石头作为石碑,隔开了阴阳两界。

我曾想为母亲百岁冥寿开一个小小的纪念会,又想到老太太们行动不便,最好少打扰,便只就平常的了解或电话上的交谈,记下几句话。

姨母任均是母亲最小的妹妹。姨父母在驻外使馆工作时,表弟妹们读住宿小学,周末假日接回我家,由母亲照管。姨母说,三姐不只是你们一家的守护神,也是大家的贴心人。若没三姐,那几年我真不知怎么过。亲戚们谁没有得过她关心照料?人人都让她费过心血。我们心里是明白的。

牟决鸣先生已很久不见了。前些时打电话来,说:"回想起在北大居住的那段日子,觉得很有意思。任大姐那时是活跃人物,她做事非常认真,总是全力以赴。而且头脑总是很清楚。"

在昆明时,赵萝蕤先生和我家几次为邻居,那时她还很年轻。她不止一次对我说很想念冯太太。她说在人际关系的战场上,她总是一败涂地当俘虏。可是和冯太太相处,从未感到战场问题。是母亲教她做面食,是母亲教她用布条打纽扣结,她有什么事都可以向母亲倾诉。记得在昆明乡下龙头村时,有一次赵先生来我家,情绪不大好,对母亲说,一位军官太太要学英语,又笨又俗又无礼，总问金刚钻几克拉怎么说。她不想教，来躲一躲。母亲安慰她，让她一起做家务事。赵先生走时，已很愉快。

另一位几十年的邻居是王力夫人夏蔚霞。现在我们仍然对门而居。夏先生说："你千万别忘记写上我的话。我的头生儿子缉志是你母亲接生的。当时昆明乡下缺医少药，那天王先生进城上课去了。半夜时分我遣人去请你母亲。冯先生一起来的，然后先回去了。你母亲留下照顾我，抱着我坐了一夜，次日缉志才出世。若没有你母亲，我和孩子会吃许多苦！"

像春天给予百花诞辰一样，母亲用心血哺育着，接引着——

亲爱的母亲的诞辰，是花朝节后十日。

柳信

今年的春,来得特别踌躇、迟疑,乍暖还寒,翻来覆去,仿佛总下不定决心。但是路边的杨柳,不知不觉间已绿了起来,绿得这样浅,这样轻,远望去迷迷蒙蒙,像是一片轻盈的、明亮的雾。我窗前的一株垂柳,也不知不觉在枝条上缀满新芽,泛出轻浅的绿,随着冷风,自如地拂动。这园中原有许多花木,这些年也和人一样,经历了各种斧钺虫豸之灾,只剩下一园黄土、几株俗称瓜子碴的树。还有这棵杨柳,年复一年,只管自己绿着。

少年时候,每到春天,见杨柳枝头一夜间染上了新绿,总是兴高采烈,觉得欢喜极了,轻快极了,好像那生命的颜色也染透了心头。曾在中学作文里写过这样几句:

嫩绿的春天又来了
看那陌头的杨柳色

第一辑　忽有故人心上过

世界上的生命都聚集在那儿了

不是么？

那年轻的眼睛般的鲜亮呵——

老师在这最后一句旁边打了密密的圈。我便想，应该圈点的，不是这段文字，而是那碧玉妆成、绿丝绦般的杨柳。

于是许多年来，便想写一篇《杨柳辩》。因为人们历来并不认为杨柳是该圈点的，总是以松柏喻坚贞，以蒲柳比轻贱。现在呢，"辩"的锐气已消，尚幸并未全然麻木，还能感觉到那柳枝透露的春消息。

抗战期间在南方，为躲避空袭，我们住在郊外一个庙里。这庙坐落在村庄附近的小山顶上，山上蓊蓊郁郁，长满了各样的树木。一条歪斜的、可容下一辆马车的石板路，从山脚蜿蜒而上。路边满是木香花，春来结成两道霜雪覆盖的花墙。花墙上飘着垂柳，绿白相映，绿的格外鲜嫩，白的格外皎洁。柳丝拂动，花儿也随着有节奏地摇头。

庙的右侧，有一个小山坡，草很深，杂生着野花，最多的是野杜鹃，在绿色的底子上形成红白的花纹。坡下有一条深沟，沟上横生着一株柳树，据说是雷击倒的。虽然倒着，还是每年发芽。靠山坡的一头有一个斜生的枝杈，总是长满长长的柳丝，一年有大半年绿莹莹的,好像一把撑开的绿伞。我和弟弟经常在这柳桥上跑来跑去,采野花,捉迷藏,不用树和灌木,只是草,已足够把我们藏起来了。

一个残冬,我家的小花猫死了。昆明的猫很娇贵,养大是不容易的。那是我第一次看到什么是死。它躺着,闭着眼。我和弟弟用猪肝拌了饭,放在它嘴边,它仍一动也不动。"它死了。"母亲说,"埋了吧。"我们呆呆地看着那显得格外瘦小的猫,弟弟呜呜地哭了。我心里像堵上了什么,看了半天,还不离开。

"埋了吧,以后再买一只。"母亲安慰地说。

我作了一篇祭文,记得有"呜呼小花"一类的话,放在小猫身上。我们抬着盒子,来到山坡。我一眼便看中那柳伞下的地方,虽然当时只有枯枝。我们掘了浅浅的坑,埋葬了小猫。冷风在树木间吹动,我们那时都穿得十分单薄,不足以御寒的。我拉着弟弟的手,呆呆地站着,好像再也提不起玩的兴致了。

忽然间,那晃动的枯枝上透出一点青绿色,照亮了我们的眼睛,那枝头竟然有一点嫩芽了,多鲜多亮啊!我猛然觉得心头轻松好多。杨柳绿了,杨柳绿了,我轻轻地反复在心里念诵着。那时我的词汇里还没有"生命"这些字眼,但觉得自己又有了精神,一切都又有了希望似的。

时光流去了近四十年,我已经历了好多次的死别,到

第一辑　忽有故人心上过

一九七七年，连我的母亲也撒手别去了。我们家里，最不能想象的就是没有我们的母亲了。母亲病重时，父亲说过一句话："没有你娘，这房子太空。"这房子里怎能没有母亲料理家务来去的身影，怎能没有母亲照顾每一个人、关怀每一个人的呵斥和提醒，那充满乡土风味的话音呢！然而母亲毕竟去了，抛下了年迈的父亲。母亲在病榻上时，用力抓着我的手说过，她放心，因为她的儿女是好的。

我是尽量想做到让母亲放心的。我忙着料理许多事，甚至没有好好哭一场。

两个多月过去，时届深秋。园中衰草凄迷，落叶堆积。我从外面回来，走进藏在衰草落叶中的小径——这小径，我曾在深夜里走过多少次啊。请医生，灌氧气，到医院送汤送药，但终于抵挡不住人生大限的到来。我茫然地打量着这园子，这时，侄儿迎上来说，家里的大猫——狮子死了，是让人用鸟枪打死的，已经埋了。

这是母亲喜欢的猫，是一只雪白的狮子猫，眼睛是蓝的，在灯下闪着红光。这两个月，它天天坐在母亲房门外等，也没等得见母亲出来。我没有问埋在哪里，无非是在这一派清冷荒凉之中罢了。我却格外清楚地知道，再没有母亲来安慰我了，再没有母亲许诺我要的一切了。

深秋将落叶吹得团团转，枯草像是久未梳理的乱发，竖起来又倒下去。我的心直往下沉，往下沉——忽然，我看见几缕绿色在冷风中瑟瑟地抖颤，原来是窗前那株柳树。在冬日的萧索中，柳色有些黯淡，但在一片枯草之间，它是绿着。"这容易生长的、到处都有的、普通的柳树，并不怕冷。"我想着，觉得很安慰，仿佛得到了支持似的。

清明时节，我们将柳枝插在门外，据说可以避邪；又选了两枝，插在母亲骨灰盒旁的花瓶里。柳枝并不想跻身松柏等岁寒之友中，它只是努力尽自己的本分，尽量绿得长一些，就像一个普通正常的母亲、平凡清白的人一样。

柳枝正绿着，衬托着万紫千红。这丝丝垂柳，是会织出大好春光的。

心的嘱托

冯友兰先生——我的父亲,于一八九五年十二月四日来到人世,又于一九九〇年十二月四日毁去了皮囊,只剩下一抔寒灰。在八天前,十一月二十六日二十时四十五分,他的灵魂已经离去。

近年来,随着父亲身体日渐衰弱,我日益明白永远分离的日子在迫近,也知道必须接受这不可避免的现实。虽然明白,却免不了紧张恐惧。在轮椅旁,在病榻侧,一阵阵呛咳使人恨不能以身代。在清晨,在黄昏,凄厉的电话铃声会使我从头到脚抖个不停。那是人生的必然阶段,但总是希望它不会来,千万不要来。

直到亲眼见着他的呼吸渐渐急促,血压下降,身体逐渐冷了下来,直到亲耳听见医生的宣布,还是觉得这简直不可能,简直不可思议。我用热毛巾拭过他安详的紧闭了双目的脸庞,真的听到了一声叹息,那是多年来回响在耳边的。我们把他抬上平车,枕头还温热。然而我们已经处于两个世界了,再无须我操心侍候,也再得不到他的关心和荫庇。这几年他坐在轮椅上,不时会提醒我一些极细微的事,总是使我泪下。我的烦恼,他无须耳和目便能了解。现在再也无法交流。天下耳聪目明的人很多,却再也没有人懂得我的有些话。

这些年,住医院是家常便饭,这一年尤其频繁。每次去时,年轻的女医生总是说要有心理准备。每次出院,我都有骄傲之感。这一次,是《中国哲学史新编》完成后的第一次住院,孰料就没有回来。

七月十六日,我到人民出版社交《新编》第七册稿。走上楼梯时,觉得很轻快,真是完成了一件大任务。父亲更是高兴,他终于写完了。直到最后一个字,都是他自己的,无须他人续补。同时他也感到长途跋涉后的疲倦。他的力气已经用尽,再无力抵抗三次肺炎的打击。他太累了,要休息了。

"存,吾顺事;殁,吾宁也。"父亲很赞赏张载《西铭》中的这最后两句,曾不止一次讲解:活着,要在自己恰当的位置上发挥作用;死亡则是彻底的安息。对生和死,他都处之泰然。

父亲在清华任教时的老助手、八十八岁的李濂先生来信说:

第一辑　忽有故人心上过

"十一月二十四日夜梦恩师伏案作书，写至最后一页，灯火忽然熄灭，黑暗之中，似闻恩师与师母说话。"正是那天下午，父亲病情恶化。夜晚我在病榻边侍候，父亲还能断续说几个字："是璞么？是璞么？""我在这儿，是璞在这儿。"我大声叫他，抚摸他，他似乎很安心。我们还以为这一次他又能闯过去。

从二十五日上午，除了断续的呻吟，父亲没有再说话。他无须再说什么，他的嘱托，已浸透在我六十二年的生命里；他的嘱托，已贯穿在众多爱他、敬他的弟子们的事业中；他的嘱托，在他的心血铸成的书页间，向全世界发出回响。

父亲是走了，走向安息，走向永恒。

十二月一日兄长钟辽从美国回来。原是回来祝寿的，现在却变为奔丧。和母亲去世时一样，他又没有赶上，但也和母亲去世时一样，有了他，办事才有主心骨。我们秉承父亲平常流露的意思，原打算只用亲人的热泪和几朵鲜花，送他西往。北大校方对我们是体贴尊重的。后来知道，这根本行不通。

络绎不绝的亲友都想再见上一面，不停地电话询问告别日期。四川来的老学生自戴黑纱，进门便长跪不起。南朝鲜（今韩国）学人宋兢燮先生数年前便联系来华，目的是拜见老人。现在只能赶上无言的诀别。总不能太不近人情，这毕竟是最后一面。

于是我们决定不发讣告,自来告别。

柴可夫斯基哽咽着的音乐伴随告别人的行列回绕在遗体边,真情写在每一个人脸上。最后我们跪在父亲的脚前时,我几乎想就这样跪下去,大声哭出来,让眼泪把自己浸透。从母亲和小弟离去,我就没有痛快地哭一场。但是我不能。我受到许多真诚的心的簇拥和嘱托,还有许多许多事要做,我必须站起来。

载灵的大轿车前有一个大花圈,饰有黑黄两色的绸带。我们随着灵车,驶过天安门。世界依然存在,人们照旧生活,一切都在正常运行。

我们一直把父亲送到炉边。暮色深重,走出来再回头,只看见那黄色的盖单,它将陪同父亲到最后的刹那。

两天后,我们迎回了父亲的骨灰,放在他生前的卧室里。母亲的遗骨已在这里放了十三年。现在二老又并肩而坐,只是在条几上。明春将合葬于北京万安公墓。侧面是那张两人同行的照片。母亲撑着伞,父亲一脚举起,尚未落下。那是六十年代初一位不知名的人在香山偷拍的,当时二老并不知道。摄影者拿这张照片在香港出售,父亲的老学生,加拿大籍学人余景山先生恰巧看见,遂将它买下,七十年代末方有机会送来。母亲也见到了这帧照片。

亲爱的双亲,你们的生命的辉煌乐章已经停止,但那向前行走的画面是永恒的。

借此小文之末,谨向所有关心三松堂的亲友致谢。关系有千百种不同,真情的分量都不同寻常。踵吊和唁文未能一一答谢,心灵的慰藉和嘱托永远铭记不忘。

那青草覆盖的地方

那青草覆盖的地方，藏着一段历史和一段我一生中最美好的记忆。

清华园内工字厅西南，有一片小树林。幼时觉得树高草密，一条小径弯曲通过，很是深幽，是捉迷藏的好地方。树林的西南有三座房屋，当时称为甲、乙、丙三所。甲所是校长住宅。最靠近树林的是乙所。乙所东、北两面都是树林，南面与甲所相邻，西边有一条小溪，溪水潺潺，流往工字厅后的荷花池。我们曾把折好的纸船涂上蜡，放进小溪，再跑到荷花池等候，但从没有一只船到达。

先父冯友兰先生作为哲学家、哲学史家已经载入史册。他自撰的茔联"三史释今古，六书纪贞元"，概括了自己的学术成就。他一生都在学校工作，从未离开教师的岗位，他对中国教育事业的贡献是和清华分不开的，是和清华的成长分不开的。这是

第一辑　忽有故人心上过

历史。

一九二八年十月，他到清华工作，找到"安身立命之地"。先在南院十七号居住，一九三〇年四月迁到乙所。从此，我便在树林与溪水之间成长。抗战时，全家随学校去南方，复员后回来仍住在这里。我从成志小学、西南联大附中到清华大学，已不觉得树林有多么高大，溪水也逐渐干涸，这里已不再是儿时的快乐天地，而有了更丰富的内容。一九五二年院系调整，父亲离开了清华，以后不知什么时候，乙所被拆掉了，只剩下这一片青草覆盖的地方。

清华取消了文科，这不只是清华，也是整个教育界、学术界的重大损失。同学们现在谈起还是非常痛心。那时清华的人文学科，精英荟萃。也许不必提出什么学派之说，也许每一位先生都可以自成一家。但长期在一起难免互有熏陶，就会有一些共同的特色。不要说一个学科，就是文、理、法、工各个方面也是互相滋养的。单一的训练只能培养匠气，这一点越来越得到共识。

父亲初到清华就参与了一件大事，那就是清华的归属问题，从隶属外交部改为隶属教育部。他曾作为教授会代表到南京，参加当时清华的董事会，进行力争，经过当时的校长罗家伦和大家的努力，最后清华隶属教育部。我记得以前悬挂在西校门的牌子上就赫然写着"国立清华大学"。了解历史的人走过门前都会有一种自豪感。因为清华大学的成立，是中国近代学术独立自主的发展过程的标志。

在乙所的日子是父亲最有创造性的日子。除教书、著书以外，他一直参与学校的领导工作。一九二九年任哲学系主任，从一九三一年起任文学院院长。当时各院院长由教授会选举产生，每两年改选一次。父亲任文学院院长长达十八年，直到解放才卸去一切职务。十八年的日子里，父亲为清华文科的建设和发展做出了哪些贡献，现在还少研究。我只是相信，学富五车的清华教授们是有眼光的，不会一次又一次地选出一个无作为、不称职的人。

在清华校史中有两次危难时刻。一次是一九三〇年，罗家伦校长离校，校务会议公推冯先生主持校务，直至一九三一年四月吴南轩奉派到校。又一次是一九四八年底，临近解放，梅贻琦校长南去，校务会议又公推冯先生为校务会议代理主席，主持校务，直到一九四九年五月。世界很大，人们可以以不同的政治眼光看待事物。冯先生后来的日子是无比艰难的，但他在清华所做的一切无愧于历史的发展。

作为一个教育工作者，他爱学生。他认为清华学生是最可宝贵的，应该不受任何政治势力的伤害。他居住的乙所曾使进步学生免遭逮捕。一九三六年，国民党大肆搜捕进步学生，当时的学生领袖黄诚和姚依林躲在冯友兰家,平安度过了搜捕之夜,最近出版的《姚依林传》也记载了此事。据说当时黄诚还作了一首诗,可惜没有流传。临解放时,又一次逮捕学生,女学生裴毓荪躲在我家天花板上。记得那一次军警深入内室,还盘问我是什么人。后来为安全计,裴毓荪转移到别处。七十年代中,毓荪学长还写过热情的来信。这样念旧的人,现在不多了。

学者们年事日高,总希望传授所学,父亲也不例外。解放后他的定位是批判对象,怎敢扩大影响。但在内心深处,他有一个感叹、一种悲哀,那就是他说过的八个字"家藏万贯,膝下无儿。"形象地表现了在一个时期内,我们文化的断裂。可以庆幸的是这些年来,"三史""六书"俱在出版。一位读者来信,说他明知冯先生已去世,但他读了《贞元六书》,认为作者是不死的,所以信上的上款要写作者的名字。

父亲对我们很少训诲,而多在潜移默化。他虽然担负着许多工作,和孩子们的接触不很多,但我们却感到他总在看着我们、关心着我们。记得一次和弟弟,还有小朋友们一起玩。那时我们常把各种杂志放在地板上铺成一条路,在上面走来走去。不知为什么他们都不理我了。我们可能发出了什么响声,父亲忽然叫我到他的书房去,拿出一本唐诗命我背,那就是我背诵的第一首诗,白居易的《百炼镜》。这些年我一直想写一个故事,题目是《铸镜人之死》。我想，铸镜人也会像铸剑人投身入火一样，为了镜的至臻完美，纵身跳入江中（"江心波上舟中制，五月五日日午时"），化为镜的精魂。不过又有多少人了解这铸镜人的精神呢？但这故事大概也会像我的很多想法一样，埋没在脑海中了。

此后，背诗就成了一个习惯。父母分工，父亲管选诗，母亲管背诵。短诗一天一首，《长恨歌》《琵琶行》则分为几段，每天背一段。母亲那时的住房，三面皆窗，称为玻璃房。记得早上上学前，常背着书包，到玻璃房中，站在母亲镜台前，背过了诗才去上学。

乙所中的父亲工作顺利，著述有成。母亲持家有方，孩子们的读书声笑语声常在房中飘荡。这是一个温暖幸福的家。这个家还和社会联系着，和时代联系着。不只父亲在复杂动乱的局面前不退避，母亲也不只关心自己的小家。一九三三年，日军侵犯古北口，教授夫人们赶制寒衣，送给抗日将士。一九四八年冬，清华师生员工组织了护校团，日夜巡逻，母亲用大锅熬粥，给护校的人预备夜餐。一位从联大到清华的学生，许多年后见到我时还说："我喝过你们家的粥，很暖和。"煮粥是小事，不过确实很暖和。

那青草覆盖的地方，虽然现在草还不很绿，我还是感觉到暖意。这暖意是从逝去了而深印在这片土地上的岁月来的，是从父母的根上来的，是从弥漫在水木清华间的一种文化精神的滋养和庇荫来的。我倚杖站在小溪边，惊异于自己的老而且病。以后连记忆也不会有了，这一片青草覆盖的地方，又会变成什么模样？

三松堂断忆

转眼间父亲离开我们已经快一年了。

去年这时,也是玉簪花开得满院雪白,我还计划在向阳的草地上铺出一小块砖地,以便把轮椅推上去,让父亲在浓重的树荫中得一小片阳光。因为父亲身体渐弱,忙于延医取药,竟没有来得及建设。九月底,父亲进了医院,我在整天奔忙之余,还不时望一望那片草地,总不能想象老人再不能回来,回来享受我为他安排的一切。

哲学界人士和亲友们都认为父亲的一生总算圆满,学术成就和他从事的教育事业使他中年便享盛名,晚年又见到了时代的变化,生活上有女儿侍奉,诸事不用操心,能在哲学的清纯世界中自得其乐。而且,他的重要著作《中国哲学史新编》,八十岁才开始写,许多人担心他写不完,他居然写完了。他是拼着性命支撑着,他一定要写完这部书。

在父亲的最后几年里,经常住医院,一九八九年下半年起更为频繁。一次是十一月十一日午夜,父亲突然发作心绞痛,外子蔡仲德和两个年轻人一起,好不容易将他抬上救护车。他躺在担架上,我坐在旁边,数着脉搏。夜很静,车子一路尖叫着驶向医院。好在他的医疗待遇很好,每次住院都很顺利。一切安排妥当后,他的精神好了许多,我俯身为他掖好被角,正要离开时,他疲倦地用力说:"小女,你太累了!""小女"这乳名几十年不曾有人叫了。"我不累。"我说,勉强忍住了眼泪。说不累是假的,然而比起担心和不安,劳累又算得了什么呢。

过了几天,父亲又一次不负我们的劳累和担心,平安回家了。我们笑说:"又是一次惊险镜头。"十二月初,他在家中度过九十四寿辰。也是他最后的寿辰。这一天,丁石孙先生和民盟中央的几位负责人前来看望,老人很高兴,谈起一些文艺杂感,还说,若能汇集成书,可题名为《余生札记》。

这余生太短促了。中国文化书院为他筹办了庆祝九十五寿辰的"冯友兰哲学思想国际研讨会",他没有来得及参加。但他知道了大家的关心。

一九九〇年初,父亲因眼前有幻象,又住医院。他常常喜欢自己背诵诗词,每住医院,总要反复吟哦《古诗十九首》。有记不清的字,便要我们查对。"青青陵上柏,磊磊涧中石。人生天地间，忽如远行客。""浩浩阴阳移，年命如朝露。人生忽如寄，寿无金石固。"他在诗词的意境中似乎觉得十分安宁。一次医生来检查后，他忽然对我说："庄子说过，生为附赘悬疣，死为决疣溃痈。孔子说过，朝闻道，夕死可矣。张横渠又说，存，吾顺事；殁，吾宁也。我现在是事情没有做完，所以还要治病。等书写完了，再生病就不必治了。"我只能说："那不行，哪有生病不治的呢！"父亲微笑不语。我走出病房，便落下泪来。坐在车上，更是泪如泉涌。一种没有人能分担的孤单沉重地压迫着我，我知道，分别是不可避免的。

我们希望他快点写完《新编》，可又怕他写完。在住医院的间隙中，他终于完成了这部书。亲友们都提醒他，还有本《余生札记》呢。其实老人那时不只有文艺杂感，又还有新的思想，他的生命是和思想和哲学连在一起的。只是来不及了，他没有力气再支撑了。

人们常问父亲有什么遗言。他在最后几天有时念及远在异国的儿子钟辽和唯一的孙子冯岱。他用力气说出的最后的关于哲学的话是："中国哲学将来一定会大放光彩！"他是这样爱中国，这样爱哲学。当时有李泽厚和陈来在侧。我觉得这句话应该用大字写出来。

然后，终于到了十一月二十六日那凄冷的夜晚，父亲那永远在思索的头脑进入了永恒的休息。

作为父亲的女儿,而且是数十年都在他身边的女儿,在他晚年又身兼几大职务,秘书、管家兼门房,医生、护士带跑堂,照理说对他应该有深入的了解。但是我无哲学头脑,只能从生活中窥其精神于万一。根据父亲的说法,哲学是对人类精神的反思。他自己就总是在思索,在考虑问题。因为过于专注,难免有些呆气。他晚年耳目失其聪明,自己形容自己是"呆若木鸡"。其实这些呆气早已有之。抗战初期,几位清华教授从长沙往昆明,途经镇南关,父亲手臂触城墙而骨折。金岳霖先生一次对我幽默地提起此事,他说:"当时司机通知大家,不要把手放在窗外,要过城门了。别人都很快照办,只有你父亲听了这话,便考虑为什么不能放在窗外,放在窗外和不放在窗外的区别是什么,其普遍意义和特殊意义是什么。还没考虑完,已经骨折了。"这是形容父亲爱思索。他那时正是因为在思索,根本就没有听见司机的话。

他的生命就是不断地思索,不论遇到什么挫折,遭受多少批判,他仍顽强地思考,不放弃思考。不能创造体系,就自我批判,自我批判也是一种思考。而且在思考中总会冒出些新的想法来。他自我改造的愿望是真诚的,没有经历过二十世纪中叶的变迁和六七十年代的各种政治运动的人,是很难理解这种自我改造的愿望的。

　　幸亏有了新时期，人们知道还是自己的头脑最可信。父亲明确采取了不依傍他人，"修辞立其诚"的态度。我以为，这个"诚"字并不能与"伪"字相对。需要提出"诚"，需要提倡说真话，这是我们这个时代的悲哀。

　　我想历史会对每一个人做出公允的、不带任何偏见的评价。历史不会忘记有些微贡献的每一个人，而评价每一个人时，也不要忘记历史。

　　父亲一生对物质生活的要求很低，他的头脑都让哲学占据了，没有空隙再来考虑诸般琐事。而且他总是为别人着想，尽量减少麻烦。一个人到九十五岁，没有一点怪癖，实在是奇迹。父亲曾说，他一生得力于三个女子：一位是他的母亲、我的祖母吴清芝太夫人，一位是我的母亲任载坤先生，还有一个便是我。一九八二年，我随父亲访美，在机场上父亲作了一首打油诗："早岁读书赖慈母，中年事业有贤妻。晚来又得女儿孝，扶我云天万里飞。"确实得有人料理俗务，才能有纯粹的精神世界。近几年，每逢我生日，父亲总要为我撰寿联。一九九〇年夏，他写了最后一联，联云："鲁殿灵光，赖家有守护神，岂独文采传三世；文坛秀气，知手持生花笔，莫让新编代双城。"父亲对女儿总是看得过高。"双城"指的是我的长篇小说，曾拟名《双城鸿

第一辑 忽有故人心上过

雪记》,后定名为《野葫芦引》。第一卷《南渡记》出版后,因为没有时间,没有精力,便停顿了。我必须以《新编》为先,这是应该的,也是值得的。当然,我持家的能力很差,料理饭食尤其不能和母亲相比,有的朋友都惊讶我家饭食的粗糙。而父亲从没有挑剔,从没有不悦,总是兴致勃勃地进餐,无论做了什么,好吃不好吃,似乎都滋味无穷。这一方面因为他得天独厚,一直胃口好,常自嘲"还有当饭桶的资格";另一方面,我完全能够体会,他是以为能做出饭来已经很不容易,再挑剔好坏,岂不让管饭的人为难。

父亲自奉甚俭,但不乏生活情趣。他并不永远是道貌岸然,也有豪情奔放、潇洒闲逸的时候,不过机会较少罢了。一九二六年父亲三十一岁时,曾和杨振声、邓以蛰两先生,还有一位翻译李白诗的日本学者一起豪饮,四个人一晚喝去十二斤花雕。六十年代初,我因病常住家中,每天傍晚随父母到颐和园包坐大船,一元钱一小时,正好览尽落日的绮辉。一位当时的大学生若干年后告诉我说,那时他常常看见我们的船在彩霞中漂动,觉得真如神仙中人。我觉得父亲是有些仙气的,这仙气在于他一切看得很开。在他的心目中,人是与天地等同的。"人与天地参",我不止一次听他讲解这句话。《三字经》说得浅显,"三才者,天地人"。既与天地同,还屑于去钻营什么!那些年,一些稍有办法的人都能把子女调回北京，而他，却只能让他最钟爱的幼子钟越长期留在医疗落后的黄土高原。一九八二年，钟越终于为祖国的航空事业流尽了汗和血，献出了他的青春和生命。

父亲的呆气里有儒家的伟大精神，"天行健，君子以自强不息"，自强不息到"知其不可而为之"的地步；父亲的仙气里又有道家的豁达洒脱。秉此二气，他穿越了在苦难中奋斗的中国的二十世纪。他的一生便是二十世纪中国文化的一个篇章。

据河南家乡的亲友说，一九四五年初祖母去世，父亲与叔父一同回老家奔丧，县长来拜望，告辞时父亲不送，而对一些身为老百姓的旧亲友，则一直送到大门，乡里传为美谈。从这里我想起和读者的关系，父亲很重视读者的来信，许多年常常回信，星期日上午的活动常常是写信。和山西一位农民读者车恒茂老人就保持了长期的通信，每索书必应之。后来我曾代他回复一些读者来信，尤其对年轻人，我认为最该关心，也许几句话便能帮助发掘了不起的才能。但后来我们实在没有能力做了，只好听之任之。把人家的千言万言书束之高阁，起初还感觉不安，时间一久，则连不安也没有了。

时间会抚慰一切，但是去年初冬深夜的景象总是历历如在目前，我想它是会伴随我进入坟墓的了。当晚，我们为父亲穿换衣服时，他的身体还那样柔软，就像平时那样配合。他好像随时会睁开眼睛说一声"中国哲学将来一定会大放光彩"。我等了片刻,似乎听到一声叹息。

不得不离开病房了。我们围跪在床前,忍不住痛哭失声!仲扶着我,可我觉得这样沉重的孤单!在这茫茫世界中,再无人需我侍奉,再无人叫我的乳名了。这么多年,每天清晨最先听到的,是从父亲卧房传来的咳嗽,每晚睡前必到他床前说几句话。我怎样能从多年的习惯中走出来!

然而日子居然过去快一年了。只好对自己说,至少有一件事稍可安慰:父亲去时不知道我已抱病,他没有特别的牵挂,去得安心。

文章将尽,玉簪花也谢尽了。邻院中还有通红的串红和美人蕉,记得我曾说串红像鞭炮,似乎马上会噼噼啪啪响起来。而生活里又有多少事值得它响呢!

蜡炬成灰泪始干

二〇〇〇年春,我患目疾,好几个月都在奔走医院。住医院,上手术台,对我都不是新鲜事,这一次却怀着极大的恐怖。我怕变为盲人,我怎能忍受那黑洞里的生活,怎能忍受那黑暗,那茫然,那隔绝。

我在等待第三次手术,日子一天天过,还在等待。一个夜晚,我披衣坐在床上,觉得自己是这样不幸,我不会死,可是以后再无法写作。模糊中似乎有一个人影飘过来,他坐在轮椅上,一手拈须,面带微笑。那是父亲。

"不要怕,我做完了我要做的事,你也会的。"我的心听见他在说。此后,我几次感觉到父亲。他有时坐在轮椅上,有时坐在书房里,有时在过道里走路,手杖敲击地板,发出有节奏的声音。他不再说话,可是每次我想到他,都能得到指点和开导。

老实说,父亲已去世十年。时间移去了悲痛,减少了思念。

以前在生活安排上,总是首先考虑老人,现在则完全改变了,甚至淡忘了。而在失明的威胁下,父亲并没有忘记我,或者说我又想起了他。因为我需要他。

"不要怕,我做完了我要做的事,你也会的。"
我会吗?我需要他的榜样,我向记忆深处寻找……

父亲最后的日子,是艰辛的,也是辉煌的。他逃脱了政治旋涡的泥沼,虽然被折磨得体无完肤,却幸而头在颈上,他可以相当自由地思想了。一九八〇年,他开始从头撰写《中国哲学史新编》这部大书。当时他已是八十五岁高龄。除短暂的社会活动,他每天上午都在书房度过。他的头脑便是一个图书馆,他的视力很可怜,眼前的人也看不清,可是中国几千年来的哲学思想的发展在他头脑里十分清楚,那是他一辈子思索的结果。哲学是他一生的依据。自一九一五年,他进入北京大学哲学门,他从没有离开过哲学。

父亲考入北大时,报的是文科。当时有人劝他读法科容易找工作,而且法科可以转文科,可是文科不可以转法科。父亲依言报了法科,考取了,但他还是转入文科。如果他要进仕途,可以从入法科开始,但那不是他的理想。他选择了哲学作为他的终身事业。

父亲那样出生在十九世纪末的一代人，分布在各个学科，创造了中国社会转型时期的新文化。不管在哪一学科，他们有一个共同点，那就是热爱祖国，要使自己的国家扬眉吐气地屹立在世界民族之林。我相信，我的了解没有错。父亲的哲学也不是空谈哲理，也不是书斋里的机锋，他要"阐旧邦以辅新命"，就是要汲取中国文化的精华，作为建设新国家的营养。永远关心着国家、民族的命运，这就是他的"所以迹"。经过多少折腾、磨难，初衷不改，他的最后巨著《中国哲学史新编》的最后一页，仍写着张载的那几句话："为天地立心，为生民立命，为往圣继绝学，为万世开太平。"他仍然是"虽不能至，心向往之"。

他在一九四二年写的《新原人》中提出了他的境界说——他的哲学的灵泉。此书自序一开始就写了张载四句，接下去便说："此哲学家所应自期许者也。况我国家民族，值贞元之会，当绝续之交，通天人之际，达古今之变，明内圣外王之道者，岂可不尽所欲言，以为我国家致太平，我亿兆安心立命之用乎？虽不能至，心向往之。非曰能之，愿学焉。"我一直认为，《贞元六书》的几篇短序都是绝妙文章，表现父亲的心胸气魄。听人说有哲学教师讲张载四句竟至泪下，可知怀有为国家致太平，为亿兆安心立命这种深情的人并非少数。

父亲最后十年的生命，化成了《中国哲学史新编》这部书。学者们渐渐有了共识，认为这部书对论点、材料的融会贯通超过了三十年代的两卷本，又对玄学、佛学、道学，对曾国藩和太平天国的看法提出了独到的见解，还认为人类的将来必定会"仇必和而解"，都说出了他自己要说的话。一点一滴，一字一句，用口授方式写成了这部一百五十万字的大书，可谓学术史上的奇迹。蝇营狗苟、利欲熏心的人能写出这样的书么？我看是抄也抄不下来！有的朋友来看望，感到老人很累，好意地对我说："能不能不要写了。"我转达这好意，父亲微叹道："我确实很累，可是我并不以为苦，我是欲罢不能。这就是'春蚕到死丝方尽，蜡炬成灰泪始干'吧！"

是的，他并不以写这部书为苦，他形容自己像老牛反刍一样，细细咀嚼储存的草料。他也在细细咀嚼原有的知识储备，用来创造。这里面自有一种乐趣。父亲著述还有一个特点，就是不做卡片，曾有外国朋友问："在昆明时，各种设备差，图书难得，你在哪里找资料？"父亲回答："我写书，不需要很多资料，一切都在我的头脑中。"这是他成为准盲人后，能完成大书的一个重要条件。

更重要的是他的专注，他的执着，他的不可更改的深情。

他在生命的最后两年中不能行走，不能站立，起居需人帮助，甚至咀嚼困难，进餐需人喂，有时要用一两个小时。不能行走也罢，不能进食也罢，都阻挡不了他的哲学思考。一次，因心脏病发作，我们用急救车送他去医院，他躺在床上，断断续续地说：现在有病要治，是因为书没有写完，等书写完了，有病就不必治了。

当时，我为这句话大恸不已。现在想来，如丝已尽，泪已干，即使勉强治疗也是支撑不下去的；而丝未尽，泪未干，最后的著作没有完成，那生命的灵气绝不肯离去。他最后的遗言"中国哲学将来一定会大放光彩"，就是用他整个生命说出来的。

父亲久病后，偶然颤巍巍地站立，总让人想到风烛残年这几个字。烛火在风中摇曳，可以随时熄灭，但父亲的精神之火却是不会熄灭的。他是那样顽强、坚韧，那样丰富，他不烧干自己决不甘心。

一九八二年，父亲到哥伦比亚大学接受名誉博士学位，他写了一首诗："一别贞江六十春，问江可认再来人？智山慧海传真火，愿随前薪做后薪。"薪火相传的意思出自《庄子·养生主》："指穷于为薪，火传也，不知其尽也。"他要像浇了油的木柴一样，前面的木柴烧完了，后面的木柴便接上去，薪火相传代代不息。

父亲那一代人责任感太强了,他们无暇逍遥。其实父亲心底是赞成孔子"吾与点也"那一句话的。曾点说,他的愿望是"浴乎沂,风乎舞雩,咏而归",父亲是欣赏这种境界的。

四十年代,常有人请父亲写字,父亲最喜写唐李翱的两首诗——"练得身形似鹤形,千株松下两函经,我来问道无余说,云在青天水在瓶"。还有一首是"选得幽居惬野情,终年无送亦无迎,有时直上孤峰顶,月下披云啸一声"。

这两首诗,父亲写过几十幅,现在家中只有"月下披云啸一声"那一幅,没有了"云在青天水在瓶"的那一幅。父亲的执着顽强,那春蚕到死、蜡炬成灰、薪尽火传的精神,后面有着极飘逸、极空明的另一方面。一方面是儒家"知其不可而为之"的担得起,一方面是佛、道、禅的"云在青天水在瓶"的看得破。有这样的互补,中国知识分子才能在极严酷的环境中活下去。

很多年以前,父亲为我写了一幅字,写的是龚定庵诗:"虽然大器晚年成,卓荦全凭弱冠争。多识前言蓄其德,莫抛心力贸才名。"后来父亲又为我和外子作过一首诗:"七字堪为座右铭,莫抛心力贸才名。乐章奏到休止符,此时无声胜有声。"父亲深知任何事都要用心血做成,谆谆教诲,不要为一点轻易取得的浮名得意,在寂静中也许会有更好的音乐。想到这些,常觉得父亲坐在那里,以手向上一指向下一指,在沉默中,让人想到"云在青天水在瓶"的诗句；可是那含义，那境界，有谁领会。

我做了手术，出院回家，在屋中走来走去，想倾听父亲卧房里发出的咳声，但是只有寂静。我坐在父亲的书房里，看着窗外高高的树。在这里，准盲人冯友兰曾坐了三十三年；无论是否成为盲人，我都会这样坐下去。

哭小弟

飞机强度研究所
技术所长冯钟越

我面前摆着一张名片,是小弟前年出国考察时用的。名片依旧,小弟却再也不能用它了。

小弟去了。小弟去的地方是千古哲人揣摩不透的地方,是各种宗教企图描绘的地方,也是每个人都会去,而且不能回来的地方。但是现在怎么能轮得到小弟!他刚五十岁,正是精力充沛,积累了丰富的学识经验,大有作为的时候,有多少事等他去做啊!医院发现他的肿瘤已相当大,需要立即手术,他还想去参加一个技术讨论会,问能不能开完会再来。他在手术后休养期间,仍在看研究所里的科研论文,还做些小翻译。直到卧床不起,他手边还留着几份国际航空材料,说是"想再看看"。他也并不全想的是工作。已是滴水不进时,他忽然说想吃虾,要对虾。他想活,他想活下去啊!

可是他去了,过早地去了。这一年多,从他生病到去世,真像是个梦,是个永远不能令人相信的梦。我总觉得他还会回来,从我们那冬夏一律显得十分荒凉的后院走到我窗下,叫一声"小姊——"

可是他去了,过早地永远地去了。

我长小弟三岁。从我有比较完整的记忆起,生活里便有我的弟弟,一个胖胖的、可爱的小弟弟,跟在我身后。他虽然小,可是在玩耍时,他常常当老师,照顾着小朋友,让大家坐好,他站着上课,那神色真是庄严。他虽然小,在昆明的冬天里,孩子们都生冻疮,都怕用冷水洗脸,他却一点不怕。他站在山泉边,捧着一个大盆的样子,至今还十分清晰地在我眼前。

"小姊,你看,我先洗!"他高兴地叫道。

在泉水缓缓的流淌中,我们从小学、中学至大学,大部分时间都在一个学校,毕业后就各奔前程了。不知不觉间,听到人家称小弟为强度专家;不知不觉间,他担任了总工程师的职务。在那动荡不安的年月里,很难想象一个人的将来。这几年,父亲和我倒是常谈到,只要环境许可,小弟是会为国家做出点实际的事的。却不料,本是最年幼的他,竟先我们而离去了。

第一辑 忽有故人心上过

去年夏天，得知他患病后无法得到更好的治疗，我于八月二十日到西安。记得有一辆坐满了人的车来接我，我当时奇怪何以如此兴师动众，原来他们都是去看小弟。到医院后，有人进病房握手，有人只在房门口默默地站一站，他们怕打扰病人，但他们一定得来看一眼。

手术时，有航空科学研究院、六二三所、六二一所的代表，弟妹、侄女和我在手术室外，还有辆轿车在医院门口。车里有许多人等着，他们一定要等着，准备随时献血。小弟如果需要把全身的血都换过，他的同志们也会给他。但是一切都没有用。肿瘤取出来了，有一个半成人的拳头大，一面已经坏死。我忽然觉得一阵胸闷，几乎透不过气来——这是在穷乡僻壤为祖国贡献着才华、血汗和生命的人啊，怎么能让这致命的东西在他身体里长到这样大！

我知道在这黄土高原上生活的艰苦，也知道住在这黄土高原上的人工作劳累，还可以想象每一点工作的进展都要经过十分恼人的迂回曲折。但我没有想到，小弟不但生活在这里，战斗在这里，而且把性命交付在这里了。他手术后回京在家休养，不到半年，就复发了。

那一段焦急的悲痛的日子，我不忍写，也不能写。每一念及，便泪下如绠，纸上一片模糊。记得每次看病，候诊室里都像公共汽车上一样拥挤。等啊等啊,盼啊盼啊,我们知道病情不可逆转,只希望能延长时间,也许会有新的办法。航空界从莫文祥同志起,还有空军领导同志都极关心他,各个方面包括医务界的朋友们也曾热情相助,我还往海外求医。然而错过了治疗时机,药物再难奏效。曾有个别的医生不耐烦地当面对小弟说,治不好了,要他"回陕西去"。小弟说起这话时仍然面带笑容,毫不介意。他始终没有失去信心,他始终没有丧失生的愿望,他还没有累够。

小弟生于北京,一九五二年从清华大学航空系毕业。他填志愿到西南,后来分配在东北,以后又调到成都、调到陕西。虽然他的血没有流在祖国的土地上,但他的汗水洒遍全国,他的精力的一点一滴都献给祖国的航空事业了。个人的功绩总是有限的,也许燃尽了自己,也不能给人一点光亮,可总是为以后的绚烂的光辉做了一点积累吧。我不大明白各种工业的复杂性,但我明白,任何事业也不是只坐在北京就能够建树的。

我曾经非常希望小弟调回北京,分担我侍奉老父的重担。他是儿子,三十年在外奔波,他不该尽些家庭的责任吗?多年来,家里有什么事,大家都会这样说:"等小弟回来。""问小弟。"有时只要想到有他可问,也就安心了。现在还怎能得到这样的心安?风烛残年的父亲想儿子,尤其这几年母亲去世后。

第一辑　忽有故人心上过

他的思念是深的，苦的，我知道，虽然他不说。现在，他永远失去他的最宝贝的小儿子了。我还曾希望在我自己走到人生的尽头，跨过那一道痛苦的门槛时，身旁的亲人中能有我的弟弟，他素来的可倚可靠会给我安慰。哪里知道，却是他先迈过了那道门槛啊！

一九八二年十月二十八日上午七时，他去了。

这一天本在意料之中，可是我怎能相信这是事实呢！他躺在那里，但他已经不是他了，已经不是我那正当盛年的弟弟，他再不会回答我们的呼唤，再不会劝阻我们的哭泣。你到哪里去了，小弟！自一九七四年沅君姑母逝世起，我家屡遭丧事，而这一次小弟的远去最是违反常规，令人难以接受！我还不得不把这消息告诉当时也在住院的老父，因为我无法回答他每天的第一句问话："今天小弟怎么样？"我必须告诉他，这是我的责任。再没有弟弟可以依靠了，再不能指望他来分担我的责任了。

父亲为他写挽联："是好党员，是好干部，壮志未酬，洒泪岂止为家痛；能娴科技，能娴艺文，全才罕遇，招魂也难再归来！"我那唯一的弟弟，永远地离去了。

他是积劳成疾，也是积郁成疾。他一天三段紧张地工作，参加各式各样的会议。每有大型试验，他事先检查到每一个螺丝钉，每一块胶布。他是三机部科技委员会委员，他曾有远见地提出多种型号研究。有一项他任主任工程师的课题研制获国防工办和三机部科技一等奖。同时他也是六二三所党委委员，需要在会议桌上坦率而又让人能接受地说出自己对各种事情的意见。我常想，能够"双肩挑"，是我们五十年代至六十年代初期出来的知识分子的特点。我们是在"又红又专"的要求下长大的，当然，有的人永远也没有能达到要求，像我。大多数人则挑起过重的担子，在崎岖的、荆棘丛生的、有时是此路不通的山路上行走。那几年的批判斗争是有远期效果的。他们不只是生活艰苦，过于劳累，还要担惊受怕，心里塞满想不通的事，谁又能经受得起呢！

小弟入医院前，正负责组织航空工业部系统的一个课题组，他任主任工程师。他的一个同志写信给我说，一九八一年夏天，西安一带出奇地热，几乎所有的人晚上都到室外乘凉，只有"我们的老冯"坚持伏案看资料。"有一天晚上，我去他家汇报工作，得知他经常胃痛，有时从睡眠中痛醒。工作中有时会痛得大汗淋漓，挺一会儿，又接着做了。天啊！谁又知道这是癌症！我只淡淡地说该上医院看看。回想起来，我心里很内疚！我对不起老冯，也对不起您！"

这位不相识的好同志的话使我痛哭失声！我也恨自己，恨自己没有早想到癌症对我们家族的威胁，即使没有任何症状，也该定期检查。云山阻隔，我一直以为小弟是健康的。其实他早感不适,已去过他该去的医疗单位。区一级的说是胃下垂,县一级的说是肾游走。以小弟之为人,当然不会大惊小怪,惊动大家。后来在弟妹的催促下,趁工作之便到西安检查,才做手术。如果早一年有正确的诊断和治疗,小弟还可以再为祖国工作二十年!

往者已矣。小弟一生,从没有埋怨过谁,也没有埋怨过自己,这是他的美德之一。他在病中写的诗中有两句:"回首悠悠无恨事,丹心一片向将来。"他没有恨事。他虽无可以彪炳史册的丰功伟绩,却有一个普通人的认真的、勤奋的一生。历史正是由这些人写成的。

小弟白面长身,美丰仪;喜文艺,娴诗词,且工书法篆刻。父亲在挽联中说他是"全才罕遇",实非夸张。如果他有三次生命,他的多方面的才能和精力也是用不完的;可就是这一辈子,也没有得以充分地发挥和施展。他病危弥留的时间很长,他那颗丹心,那颗想让祖国飞起来的丹心,顽强地跳动,不肯停息。他不甘心!

这样壮志未酬的人,不止他一个啊!

我哭小弟,哭他在剧痛中还拿着那本航空资料"想再看看",哭他的"胃下垂""肾游走";我也哭蒋筑英抱病奔波,客殡成都;我也哭罗健夫不肯一个人坐一辆汽车;我还要哭那些没有见诸报章的过早离去的我的同辈人。他们几经雪欺霜冻,好不容易奋斗着张开几片花瓣，尚未盛开，就骤然凋谢。我哭我们这迟开早谢的一代人！

已经是迟开了，让这些迟开的花朵尽可能延长他们的光彩吧。

这些天，读到许多关于这方面的文章，也读到了《痛惜之余的愿望》，稍得安慰。我盼"愿望"能成为事实，我想需要"痛惜"的事应该越来越少了。

小弟，我不哭！

水仙辞

仲上课回来，带回两头水仙。可不是，在不知不觉间，一年只剩下一个多月了，已到了养水仙的时候。

许多年来，每年冬天都要在案头供一盆水仙。近十年，却疏远了这点情趣。现在猛一见胖胖的茎块中顶出的嫩芽，往事也从密封着的心底涌了出来。水仙可以回来，希望可以回来，往事也可以再现，但死去的人，是不会活转来了。

记得城居那十多年，潆莱与我们为伴。案头水仙，很得她关注，换水、洗石子都是她照管。绿色的芽，渐渐长成笔挺的绿叶，好像向上直指的剑，然后绿色似乎溢出了剑锋，染在屋子里。在北风呼啸中，总感到生命的气息。差不多常在最冷的时候，悄然飘来了淡淡的清冷的香气，那是水仙开了。小小的花朵或仰头或颔首，在绿叶中显得那样超脱，那样悠闲。淡黄的花心，素白的花瓣，若是单瓣，则格外神清气朗，在线条简单的花面上洋溢着一派天真。

等到花叶多了,总要用一根红绸带或红绉纸,也许是一根红线,把它轻轻拢住。那也是瀸莱的事。我只管赞叹:"哦,真好看。"现在案头的水仙也会长大,待到花开时,谁来操心用红带拢住它呢?

管花人离开这世界快十一个年头了。没有骨灰,没有放在盒里的一点遗物,也没有一点言语。她似乎是飘然干净地去了。在北方的冬日原野上,一轮冷月照着寒彻骨的井水,井水浸透她的身心。谁能知道,她在那生死大限上,想喊出怎样痛彻肺腑的冤情,谁又能估量她的满腔愤懑有多么沉重!她的悲痛、愤懑以及她自己,都化作灰烟,和在祖国的天空与泥土里了。

人们常赞梅的先出,菊的晚发。我自然也敬重它们的品格气质。但在菊展上见到各种人工培养的菊花,总觉得那曲折舒卷虽然增加了许多姿态,却减少了些纯朴自然。梅之成为病梅,早有定庵居士为之鸣不平了。近闻水仙也有种种雕琢,我不愿见。我喜欢它那点自然的挺拔,只凭了叶子竖立着。它竖得直,其实很脆弱,一摆布便要断的。

她也是太脆弱。只是心底的那一点固执,是无与伦比了。因为固执到不能扭曲,便只有折断。

她没有惹眼的才华,只是认真,认真到固执的地步。五十年代中，我们在文艺机关工作。有一次，组织文艺界学习中国近代史，请了专家讲演。待到一切就绪，她说："这个月的报还没有剪完呢，回去剪报罢。"虽然她对近代史并非没有兴趣。当时确有剪报的任务，不过从未见有人使用这资料。听着嚓嚓的剪刀声，我觉得她认真得好笑。

"我答应过了。"她说。是的，她答应过了。她答应过的事，小至剪报，大至关系到身家性命，她是要做到的。哪怕那允诺在冥暗之中，从来无人知晓。

我们曾一起翻译《缪塞诗选》，其实是她翻译，我只润饰文字而已。白天工作忙，晚上常译到很晚。我嫌她太拘泥，她嫌我太自由，有时为了一个字，要争论很久。我说译诗不能太认真，因为诗本不能译。她说诗人就是认真，译诗的人更要认真。那本小书印得不多，经过那动荡的年月，我连一本也没能留得下。绝版的书不可再得了。眼看新书一天天多起来，我指望着更好的译本。她还在业余翻译了法国长篇小说《保尔和维绮妮》，未得出版。近见报上有这部小说翻译出版的消息，想来她也会觉得安慰的。

她没有做出什么惊人的事业，那点译文也和她一样不复存在了。她从不曾想要有出类拔萃的成就，只是认真地、清白地过完了她的一生。她在人生的职责里，是个尽职的教师、科员、妻子、母亲和朋友。在到处是暗礁险滩的生活的路上，要做到尽职谈何容易！我想她是做到了。她做到了她尽力所能做到的一切，但是很少要求回报。她是这样淡泊。人们都赞水仙的淡泊，它的生命所需不过一盆清水。其实在那块茎里，已经积蓄足够的养料了。人的灵魂所能积蓄的养料，其丰富有时是更难想象的罢。

现在又有水仙在案头，我不免回想与她分手的时候。记得是澂莱到干校那年，有人从外地辗转带来两头水仙，养在"破四旧"时漏网的白瓷盆里。她走的那天，已经透出嫩芽了。当时两边屋里都凌乱不堪，只有绿芽白盆、清水和红石子，似乎还在正常秩序之中。

我们都不说话，心知她这一去归期难卜。当时每个人都不知自己明天会变成什么，去干校后命运更不可测。但也没有想到眼前就是永诀。让她回来收拾东西的时间很短，她还想为在重病中的我做一碗汤，仅只是一碗汤而已，但是来不及了。她的东西还没有收拾好，用两块布兜着，便去上车。仲草草替她扎紧，提了送她。我知道她那时担心的是我的病体，怕难见面。我倚在枕上想，我只要活着，总会有见面的一天。她临走时进房来看水仙，说了一句"别忘了换水"，便转身出去。从窗中见她笑着摆摆手。然后大门呀的一声，她走了。

那竟是最后一面！那永诀的笑容留下了，留在我心底。是她，她先走了。这些年我不常想到她。最初是不愿意想，后来就自然地把往事封埋。世事变迁，旧交散尽，也很少人谈起她这样平常的人。她自己，从来是不愿占什么位置的，哪怕在别人心中。若知道我写这篇文字，一定认为很不必，还要拉扯水仙，甚至会觉得滑稽罢。但我隔了这许多年，又在自己案头看见了水仙，是不能不写下几行的。

尽管她希望住在遗忘之乡，我知道记住她的不止我一人。我不只记住她那永诀的笑容，也记住要管好眼前的水仙花。换水、洗石子，用红带拢住那从清水中长起来的叶茎。

澂莱姓陈，原籍福建，正是盛产水仙花的地方。

第二辑
最是人间草木抚人心

花和人都会遇到各种各样的不幸,但是生命的长河是无止境的。

紫藤萝瀑布

我不由得停住了脚步。

从未见过开得这样盛的藤萝,只见一片辉煌的淡紫色,像一条瀑布,从空中垂下,不见其发端,也不见其终极。只是深深浅浅的紫,仿佛在流动,在欢笑,在不停地生长。紫色的大条幅上,泛着点点银光,就像迸溅的水花。仔细看时,才知道那是每一朵紫花中的最浅淡的部分,在和阳光互相挑逗。

这里春红已谢,没有赏花的人群,也没有蜂围蝶阵。有的就是这一树闪光的、盛开的藤萝。花朵儿一串挨着一串,一朵接着一朵,彼此推着挤着,好不活泼热闹!

"我在开花!"它们在笑。

"我在开花!"它们嚷嚷。

每一穗花都是上面的盛开,下面的待放。颜色便上浅下深,好像那紫色沉淀下来了,沉淀在最嫩最小的花苞里。每一朵盛开的花就像是一个小小的张满了的帆,帆下带着尖底的舱。船舱鼓鼓的,又像一个忍俊不禁的笑容,就要绽开似的。那里装的是什么仙露琼浆?我凑上去,想摘一朵。

但是我没有摘。我没有摘花的习惯。我只是伫立凝望,觉得这一条紫藤萝瀑布不只在我眼前,也在我心上缓缓流过。流着流着,它带走了这些时一直压在我心上的关于生死的疑惑,关于疾病的痛楚。我浸在这繁密的花朵的光辉中,别的一切暂时都不存在,有的只是精神的宁静和生的喜悦。

这里除了光彩,还有淡淡的芳香,香气似乎也是浅紫色的,梦幻一般轻轻地笼罩着我。忽然记起十多年前家门外也曾有过一大株紫藤萝,它依傍一株枯槐爬得很高,但花朵从来都稀落,东一穗西一串伶仃地挂在树梢,好像在察言观色,试探什么。后来索性连那稀零的花串也没有了。园中别的紫藤花架也都拆掉,改种了果树。那时的说法是,花和生活腐化有什么必然关系。我曾遗憾地想:这里再也看不见藤萝花了。

过了这么多年,藤萝又开花了,而且开得这样盛,这样密,紫色的瀑布遮住了粗壮的盘虬卧龙般的枝干,不断地流着,流着,流向人的心底。

花和人都会遇到各种各样的不幸,但是生命的长河是无止境的。我抚摸了一下那小小的紫色的花舱,那里满装生命的酒酿,它张满了帆,在这闪光的花的河流上航行。它是万花中的一朵,也正是一朵一朵花,组成了万花灿烂的流动的瀑布。

在这浅紫色的光辉和浅紫色的芳香中,我不觉加快了脚步。

丁香结

今年的丁香花似乎开得格外茂盛,城里城外,都是一样。城里街旁,尘土纷嚣之间,忽然呈出两片雪白,顿使人眼前一亮,再仔细看,才知是两行丁香花。有的宅院里探出半树银妆,星星般的小花缀满枝头,从墙上窥着行人,惹得人走过了还要回头望。

城外校园里丁香更多。最好的是图书馆北面的丁香三角地,种有十数棵白丁香和紫丁香。月光下白的潇洒,紫的朦胧。还有淡淡的幽雅的甜香,非桂非兰,在夜色中也能让人分辨出,这是丁香。

在我断断续续住了近三十年的斗室外,有三棵白丁香。每到春来,伏案时抬头便看见檐前积雪。雪色映进窗来,香气直透毫端。人也似乎轻灵得多,不那么浑浊笨拙了。从外面回来时,最先映入眼帘的,也是那一片莹白,白下面透出参差的绿,然后才见那两扇红窗。我经历过的春光,几乎都是和这几树丁香联系在一起的。那十字小白花,那样小,却不显得单薄。许多小花形成一簇,许多簇花开满一树,遮掩着我的窗,照耀着我的文思和梦想。

古人诗云:"芭蕉不展丁香结""丁香空结雨中愁"。在细雨迷蒙中,着了水滴的丁香格外妩媚。花墙边两株紫色的,如同印象派的画,线条模糊了,直向窗前的莹白渗过来。让人觉得,丁香确实该和微雨连在一起。

只是赏过这么多年的丁香,却一直不解,何以古人发明了丁香结的说法。今年一次春雨,久立窗前,望着斜伸过来的丁香枝条上一柄花蕾。小小的花苞圆圆的,鼓鼓的,恰如衣襟上的盘花扣。我才恍然,果然是丁香结。

丁香结,这三个字给人许多想象。再联想到那些诗句,真觉得它们负担着解不开的愁怨了。每个人一辈子都有许多不顺心的事,一件完了一件又来。所以丁香结年年都有。结,是解不完的;人生中的问题也是解不完的,不然,岂不太平淡无味了吗?

好一朵木槿花

又是一年秋来，洁白的玉簪花挟着凉意，先透出冰雪的消息。美人蕉也在这时开放了，红的黄的花，耸立在阔大的绿叶上，一点不在乎秋的肃杀。以前我有"美人蕉不美"的说法，现在很想收回。接下来该是紫薇和木槿。在我家这以草为主的小园中，它们是外来户。偶然得来的枝条，偶然插入土中，它们就偶然地生长起来。紫薇似娇气些，始终未见花。木槿则已两度花发了。

木槿以前给我的印象是平庸。"文革"中许多花木惨遭摧残，它却得全性命，陪伴着显赫一时的文冠果，免得那钦定植物太孤单。据说原因是它的花可食用，大概总比草根树皮好些吧。学生浴室边的路上，两行树挺立着，花开有紫、红、白等色，我从未仔细看过。

近两年木槿在这小园中两度花发，不同凡响。

前年秋至,我家刚从死别的悲痛中缓过气来不久,又面临了少年人的生之困惑。我们不知道下一分钟会发生什么事,陷入极端惶恐中。我在坐立不安时,只好到草园踱步。那时园中荒草没膝,除了我们的基本队伍亲爱的玉簪花外,只有两树忍冬,结了小红果子,玛瑙扣子似的,一簇簇挂着。我没有指望还能看见别的什么颜色。

忽然在绿草间,闪出一点紫色,亮亮的,轻轻的,在眼前转了几转。我忙拨开草丛走过去,见一朵紫色的花缀在不高的绿枝上。

这是木槿。木槿开花了,而且是紫色的。

木槿花的三种颜色,以紫色最好。那红色极不正,好像颜料没有调好;白色的花,有老伙伴玉簪已经够了。最愿见到的是紫色的,好和早春的二月兰、初夏的藤萝相呼应,让紫色的幻想充满在小园中,让风吹走悲伤,让梦留着。

惊喜之余,我小心地除去它周围的杂草,做出一个浅坑,浇上水。水很快渗下去了。一阵风过,草面漾出绿色的波浪,薄如蝉翼的娇嫩的紫花在一片绿波中歪着头,带点调皮,却丝毫不知道自己显得很奇特。

去年,月圆过四五次后,几经洗劫的小园又一次遭受磨难。园旁小兴土木,盖一座大有用途的小楼。泥土、砖块、钢筋、木条全堆在园里，像是凌乱地长出一座座小山，把植物全压在底下。我已习惯了这类景象，知道毁去了以后，总会有新的开始，尽管等的时间会很长。

没想到秋来时，一次走在这崎岖山路上，忽见土山一侧，透过砖块钢筋伸出几条绿枝，绿枝上，一朵紫色的花正在颤颤地开放！

我的心也震颤起来，一种悲壮的感觉攫住了我。土埋大半截了，还开花！

土埋大半截了，还开花！

我跨过障碍，走近去看这朵从重压下挣扎出来的花。仍是娇嫩的薄如蝉翼的花瓣，略有皱褶，似乎在花蒂处有一根带子束住，却又舒展自得，它不觉环境的艰难，更不觉自己的奇特。

忽然觉得这是一朵童话中的花，拿着它，任何愿望都会实现，因为持有的是面对一切苦难的勇气。

紫色的流光抛洒开来，笼罩了凌乱的工地。那朵花冉冉升起，倚着明亮的紫霞，微笑地俯看着我。

今年果然又有一个开始。小园经过整治，不再以草为主，所以有了对美人蕉的新认识。那株木槿高了许多，枝繁叶茂，但是重阳已届，仍不见花。

第二辑　最是人间草木抚人心

我常在它身旁徘徊，期待着震撼了我的那朵花。

它不再来。

即使再有花开，也不是去年的那一朵了。也许需要纪念碑，纪念那逝去了的，昔日的悲壮？

松侣

一位朋友曾说她从未注意过木槿花是什么样儿，我答应院中木槿花开时，邀她来看。

这株木槿原在窗前，为了争得光线，春末夏初时我把它移到篱边。它很挣扎了一阵，活下来了，可是秋初着花时节，一朵未见。偶见大图书馆前两排木槿，开着紫、白、红各色的花朵，便想通知朋友，到那里观看。不知有什么事，一天天因循，未打电话。过了些时，偶然走过图书馆，却见两排绿树，花朵已全落尽了。一路很是怅然，似乎不只失信于朋友，也失信于木槿花。又因木槿花每一朵本是朝开夕谢的，不免伤时光之不再，联想到自己的疾病，不知还有几多日子。

回到家里，站在院中三棵松树之间，那点脆弱的感怀忽然消失了，我感到镇定平静。三松中的两棵高大稳重，一株直指天空，另一株过房顶后作九十度折角，形貌别致，都似很有魅力，可以倚靠。第三棵不高，枝条平伸作伞状，使人感到亲切。它们似乎说，好了，不要小资情调了，有我们呢。

它们当然是不同的。它们不落叶，无论冬夏，常给人绿色的遮蔽。那绿色十分古拙，不像有些绿色的鲜亮活跳。它们也是有花的，但不显著，最后结成松塔掉下来，带给人的是成熟的喜悦，而不是凋谢的惆怅。它们永远散发着清净的气息，使得人也清爽，据说像负离子发生器一样，有着实实在在的医疗作用。

更何况三松和我的父亲是永远分不开的。我的父亲晚年将这住宅命名为"三松堂"。"庭中有三松，抚而盘桓，较渊明犹多其二焉"（《三松堂自序》之自序）。寄意深远，可以揣摩。我站在三松之下感到安心，大概因为同时也感到父亲的思想、父亲的影响和那三松的华盖一样，仍在荫蔽着我。

父母在堂时，每逢节日，家里总是很热闹。七十年代末，放鞭炮之风还未盛，我家得风气之先，不只放鞭炮，还要放花，一道道彩光腾空而起，煞是好看。这时大家又笑又叫，少年人持着竹竿，孩子们躲在大人身后探出个小脑袋，放花放炮的乐趣就在此了。放了几年，家里人愈来愈少了，剩下的人还坚持这一节目，有一次一个闪光雷放上去，其中一些纸燃烧着落在松树顶上，一枝松针马上烧起来，幸亏比较靠边，往上泼水还能泼到，及时扑灭了。浇水的人和树一样，也成了落汤鸡。以后因子侄辈纠缠，也还放了两年。再以后，没有高堂可娱，青年人又都各奔前程，几乎走光，三松堂前便再没有节日的喧闹。

这一切变迁，三松和院子中的竹子、丁香、藤萝、月季和玉簪都曾亲见。其中松树无疑是祖字辈的，阅历最多，感怀最深，却似乎最无话说。只是常绿常香，默默地立在那里，让人觉得，累了时它总是可以靠一靠的。

这三棵松树似是家中的一员，是亲人，是长辈。燕园中还有许许多多松柏枞桧这类的树，便是我的好友了。

在第二体育馆之北，六座中西合璧的庭院之间，有一片用松墙围起来的园子，名为静园。这里原来是没有墙的，有的是草地、假山，又宽又长的藤萝架。"文革"中，这些花草因有不事生产的罪名，全被铲除，换上了有出息的果树，又怕人偷果子，乃围以松墙。我对这一措施素不以为然，静园也很少去。

这两年，每天清晨坚持散步，据说这是我性命攸关的大事，未敢少懈。散步的路径，总寻找有松柏之处，静园外超过千步的松墙边便成为好地方。一到墙边，先觉清气扑人，一路走下去，觉得全身的血液都换过了。

临湖轩前有一处三角地，也围着松墙。其中一段路两边皆松，成为夹道。那松的气息，更是向每个毛孔渗来。一次雨后走过夹道，见树顶上一片云气蒸腾，树枝上挂满亮晶晶的水珠，蜘蛛网也成了彩色的璎珞,最主要的是那气息,清到浓重的地步,劈头盖脸将人包裹住了。这时便想,若不能健康地活下去,实在愧对造化的安排。

走出夹道不远,有一处小松林,有白皮松、油松等,空气自然是好的。我走过时,总见六七位老太太在一起做操,一面拍拍打打,一面大声谈家常。譬如昨天谁的媳妇做的什么饭,谁的孙子念的什么书。松树也不嫌聒噪,只管静静地施行负离子疗法。

中国文学中一直推崇松的品格,关于松的吟咏很多。松树的不畏岁寒,正可视为不阿时不媚俗的一种气节。这是"士"应有的精神境界,所以都愿意以松为友。白居易《庭松》诗云:

> 疏韵秋械械,凉阴夏凄凄。
> 春深微雨夕,满叶珠蓑蓑。
> 岁暮大雪天,压枝玉皑皑。
> 四时各有趣,万木非其侪。
> ……
> 即此是益友,岂必交贤才。
> 顾我犹俗士,冠带走尘埃。
> 未称为松主,时时一愧怀。

最后两句用松之德要求自己，勉励自己，要够格做松的主人。松不只给人安慰，给人健康，还在道德上引人向上。世之益友，又有几人能做到呢？

自然界中，能为友侣的当然不只松柏一类。虽木槿之短暂，也有它的作用与位置。人若能时时亲近大自然，会较容易记住自己的本色。嵇康有诗云：

目送归鸿，手挥五弦。
俯仰自得，游心太玄。

纵然手不能举足不能抬，纵然头上悬着疾病的利剑，我们也能在自己的位置上俯仰自得，不是吗？

报秋

似乎刚过完了春节,什么都还来不及干呢,已是长夏天气,让人懒洋洋得像只猫。一家人夏衣尚未打点好,猛然却见玉簪花那雪白的圆鼓鼓的棒槌,从拥挤着的宽大的绿叶中探出头来。我先是一惊,随即怅然。这花一开,没几天便是立秋。以后便是处暑便是白露便是秋分便是寒露,过了霜降,便立冬了。真真的怎么得了!

一朵花苞钻出来,一个柄上的好几朵都跟上。花苞很有精神,越长越长,成为玉簪花模样。开放都在晚间,一朵持续一昼夜。六片清雅修长的花瓣围着花蕊,当中的一株顶着一点嫩黄,颤颤地望着自己雪白的小窝。

这花的生命力极强,随便种种,总会活的。不挑地方,不拣土壤,而且特别喜欢背阴处,把阳光让给别人,很是谦让。据说花瓣可以入药。还有人来讨那叶子,要捣烂了治脚气。我说它是生活上向下比，工作上向上比，算是一种玉簪花精神罢。

我喜欢花，却没有侍弄花的闲情。因有自知之明，不敢邀名花居留，只有时要点草花种种。有一种太阳花，又名"死不了"，开时五色缤纷，杂在草间很好看。种了几次，都不成功。"连'死不了'都种死了"，我们常这样自嘲。

玉簪花却不同，从不要人照料，只管自己蓬勃生长。往后院月洞门小径的两旁，随便移栽了几个嫩芽，次年便有绿叶白花，点缀着夏末秋初的景致。我的房门外有一小块地，原有两行花，现已形成一片，绿油油的，完全遮住了地面。在晨光熹微或暮色朦胧中，一柄柄白花擎起，隐约如绿波上的白帆，不知驶向何方。有些植物的繁茂枝叶中，会藏着一些小活物，吓人一跳。玉簪花下却总是干净的。可能因气味的缘故，不容虫豸近身。

花开到十几朵，满院便飘着芳香。不是丁香的幽香，不是桂花的甜香，也不是荷花的那种清香。它的香比较强，似乎有点醒脑的作用。采几朵放在养石子的水盆中，房间里便也飘散着香气，让人减少几分懒洋洋，让人心里警惕着：秋来了。

秋是收获的季节，我却两手空空。一年两年过去了，总是在不安和焦虑中。怪谁呢，很难回答。

久居异乡的兄长，业余喜好诗词。前天寄来南宋词人朱敦儒的那首《西江月》。原文是：

日日深杯酒满,朝朝小圃花开。自歌自舞自开怀,且喜无拘无碍。　青史几番春梦,黄泉多少奇才,不须计较与安排,领取而今现在。

若照他译的英文再译回来,最后一句是认命的意思。这意思有,但似不够完全,我把"领取而今现在"一句反复吟哦,觉得这是一种悠然自得的境界。其实不必深杯酒满,不必小圃花开,只在心中领取,便得逍遥。

领取自己那一份,也有品味、把玩、获得的意思。那么,领取秋,领取冬,领取四季,领取生活罢。

那第一朵花出现已一周,凋谢了。可是别的一朵一朵在接上来。圆鼓鼓的花苞,盛开了的花朵,由一个个柄擎着,在绿波上漂浮。

秋韵

京华秋色，最先想到的总是香山红叶。曾记得满山如火如荼的壮观，在太阳下，那红色似乎在跳动，像火焰一样。二三友人，骑着小驴，笑语与嘚嘚蹄声相和，循着弯曲小道，在山里穿行。秋的丰富和幽静调和得匀匀的，向每个毛孔渗进来。后来驴没有了，路平坦得多了，可以痛快地一直走到半山。如果走的是双清这一边，一段山路后，上几个陡台阶，眼前会出现大片金黄，那是几棵大树，现在想来，也许是银杏罢。满树茂密的叶子都黄透了，从树梢披散到地，黄得那样滋润，好像把秋天的丰收集聚在那里了，让人觉得，这才是秋天的基调。

今年秋到香山，人也到香山。满路车辆与行人，如同电影散场，或要举行大规模代表会。只好改道万安山，去寻秋意。山麓有一片黄栌，不甚茂密。法海寺废墟前石阶两旁，有两片暗红，也很寥落。废墟上有顺治年间的残碑，镌有"不得砍伐，不得放牧"的字样。乱草丛中,断石横卧,枯树枝头,露出灰蓝的天和不甚明亮的太阳。这似乎很有秋天的萧索气象了,然而,这不是我要寻找的秋的韵致。

有人说,该到圆明园去,西洋楼西北的一片树林,这时大概正染着红黄两种富丽的颜色。可对我来说,不断地寻秋是太奢侈了,不能支出这时间,且待来年罢。家人说:来年人更多,你骑车的本领更差,也还是无由寻到的。那就待来生罢,我说。大家一笑。

其实,我是注意今世的。清晨照例的散步,便是为了寻健康,没有什么浪漫色彩。这一天,秋已深了,披着斜风细雨,照例走到临湖轩下小湖旁,忽然觉得景色这般奇妙,似乎我从未来到过这里。

小湖南面有一座小山,山与湖之间是一排高大的银杏树。几天不见,竟变成一座金黄屏障,遮住了山,映进了水。扇形叶子落了一地,铺满了绕湖的小径,似乎这金黄屏障向四周渗透,无限地扩大了。循路走去,湖东侧一片鲜红跳进眼帘。这样耀眼的红叶!不是黄栌,黄栌的红较暗;不是枫叶,枫叶的红较深。这红叶着了雨,远看鲜亮极了,近看时,是对称的长形叶子,地下也有不少,成了薄薄一层红毡。在小片鲜红和高大的金屏障之间,还有深浅不同的绿,深浅不同的褐、棕等丰富的颜色,环抱着澄明的秋水。冷冷的几滴秋雨,更给整个景色添了几分朦胧,似乎除了眼前的一切,还有别的蕴藏。

这是我要寻的秋的韵致了么?秋天是有成绩的人生,绚烂多彩而肃穆庄严,似朦胧而实清明,充满了大彻大悟的味道。

秋去冬来之时,意外地收到一份讣告,是父亲的一位哲学友人故去了。讣告上除生卒年月外,只有一首遗诗。译出来是这等模样:

不要推却友爱,
不要延迟欢乐,
现在不悟,
便永迷惑,
在这里,
一切都有了着落。

我要寻找的秋韵,原来便在现在,在这里,在心头。

送春

说起燕园的野花,声势最为浩大的,要数二月兰了。它们本是很单薄的,脆弱的茎,几片叶子,顶上开着小朵小朵简单的花,可是开成一大片,就形成春光中重要的色调。阴历二月,它们已探头探脑地出现在地上,然后忽然一下子就成了一大片。一大片深紫浅紫的颜色,不知为什么总有点朦胧。房前屋后,路边沟沿,都让它们占据了,熏染了。看起来,好像比它们实际占的地盘还要大。微风过处,花面起伏,丰富的各种层次的紫色一闪一闪地滚动着,仿佛还要到别处去涂抹。

没有人种过这花,但它每年都大开而特开。童年在清华,屋旁小溪边便是它们的世界。人们不在意有这些花,它们也不在意人们是否在意,只管尽情地开放。那多变化的紫色,贯穿了我所经历的几十个春天,只在昆明那几年让白色的木香花代替了。木香花以后的岁月,便定格在燕园,而燕园的明媚春光,是少不了二月兰的。

斯诺墓所在的小山后面，人迹罕到，便成了二月兰的天下。从路边到山坡，在树与树之间，挤满花朵。有一小块颜色很深，像需要些水化一化；有一小块颜色很浅，近乎白色。在深色中有浅色的花朵，形成一些小亮点儿；在浅色中又有深色的笔触，免得它太轻灵。深深浅浅连成一片。这条路我也是不常走的，但每到春天，总要多来几回，看看这些小友。

其实我家近处，便有大片二月兰。各芳邻门前都有特色，有人从荷兰带回郁金香，有人从近处花圃移来各色花草。这家因主人年老，儿孙远居海外，没有人侍弄园子，倒给了二月兰充分发展的机会。春来开得满园，像一大块花毡，衬着边上的绿松墙。花朵们往松墙的缝隙间直挤过去，稳重的松树也似在含笑望着它们。

这花开得好放肆！我心里说。我家屋后，一条弯弯的石径两侧，直到后窗下，每到春来，都是二月兰的领地。面积虽小，也在尽情抛洒春光。不想一次有人来收拾院子，给枯草烧了一把火，说也要给野花立规矩。次年春天便不见了二月兰，它受不了规矩，野草却依旧猛长。我简直想给二月兰写信，邀请它们重返家园。信是无处投递，乃特地从附近移了几棵，尚未见功效。

许多人不知道二月兰为何许花，甚至语文教科书的插图也把它画成兰花模样。兰花素有花中君子之称,品高香幽。二月兰虽也有个兰字,可完全与兰花没有关系,也不想攀高枝,只悄悄从泥土中钻出来,如火如荼点缀了春光,又悄悄落尽。我曾建议一年轻画徒,画一画这野花,最好用水彩,用印象派手法。年轻人交来一幅画稿,在灰暗的背景中只有一枝伶仃的花,又依照"现代"眼光,在花旁画了一个破竹篮。

"这不是二月兰的典型姿态。"我心里评判着。二月兰是一大片一大片的,千军万马。身躯瘦弱地位卑下,却高扬着活力,看了让人透不过气来。而且它们不只开得隆重茂盛,尽情尽性,还有持久的精神,这是今春才悟到的。

因为病,因为懒,常几日不出房门。整个春天各种花开花谢,来去匆匆,有的便不得见。却总见二月兰不动声色地开在那里,似乎随时在等候,问一句:"你好些吗?"

又是一次小病后,在园中行走。忽觉绿色满眼,已为遮蔽炎热做准备。走到二月兰的领地时,不见花朵,只剩下绿色直连到松墙。好像原有一大张绚烂的彩画,现在掀过去了,卷起来了,放在什么地方,以待来年。

我知道,春归去了。

在领地边徘徊了一会儿,忽然意识到二月兰的忠心和执着。从春如十三女儿学绣时,它便开花,直到雨僝风僽,春深春老。

它迎春来,伴春在,送春去。古诗云"开到荼蘼花事了",我始终不知荼蘼是个什么样儿,却亲见二月兰蓦然消失,是春归的一个指征。

迎春人人欢喜,有谁喜欢送春?忠心的、执着的二月兰没有推托这个任务。

二十四番花信

今年春来早,繁忙的花事也提早开始,较常年约早一个节气。没有乍暖还寒,没有春寒料峭。一天,在钟亭小山下散步,忽见,乾隆御碑旁边那树桃花已经盛开。我常说桃花冒着春寒开放很是勇敢,今年开得轻易不需要很大勇气,只是衬着背后光秃的土山,还可以显出它是报春的先行者。

迎春、连翘争相开花,黄灿灿的一片。我很长时期弄不清这两种植物的区别,常常张冠李戴,未免有些烦恼,也曾在别的文章里写过。最近终于弄清,迎春的枝条呈拱形,有角棱,连翘的枝条中空。原以为我家月洞门的黄花是迎春,其实是连翘,有仲折来的中空的枝条为证。

报春少不了二月兰。今年二月兰又逢大年,各家园子里都是一大片紫色的地毯。它们有一种淡淡的香气,显然是野花的香气。去冬,往病房送过一株风信子,也是这样的气味。

榆叶梅跟着开了，附近的几株都是我们的朋友，哪一株大，哪一株小，哪一株颜色深，哪一株颜色浅，我们都再熟悉不过。园边一排树中，有一株很高大，花的颜色也深，原来不求甚解地以为它是榆叶梅中的一种。今年才知道，这是一棵朱砂碧桃。"天上碧桃和露种"，当然是名贵的，它若知我一直把它看作榆叶梅，可能会大大地不高兴。

紧接着便是那若有若无的幽香提醒着丁香上场了。窗前的一株已伴我四十余年。以前伏案写作时，只觉香气直透毫端，花墙边的一株是我手植，现在已高过花墙许多。几树丁香都不是往年那种微雨中淡淡的情调，而是尽情地开放，满树雪白的花，简直是光华夺目。我已不再持毫，缠绕我的是病痛和焦虑，幸有这光亮和香气，透过黑夜，沁进窗来，稍稍抚慰着我不安的梦。

我为病所拘，只能就近寻春，以为看不到玉兰和海棠了。不想，旧地质楼前忽见一株海棠正在怒放，迎着我们的漫步。燕园本来有好几株大海棠，不知它们犯了何罪，"文革"中统统被砍去，现在这一株大概是后来补种的。海棠的花最当得起"花团锦簇"这几个字。东坡诗句"只恐夜深花睡去，故烧高烛照红妆"，照的就是海棠。海棠虽美，只是无香，古人认为这是一大憾事。若是无香要扣分，花的美貌也可以平均过来了。再想想，世事怎能都那么圆满。

又一天，走到临湖轩，见那高松墙变成了短绿篱，门开着，便走进去，晴空中见一根光亮的蛛丝在袅动，忽然想起《牡丹亭》中那句"袅晴丝，吹来闲庭院，摇漾春如线"。这句子可怎么翻译，我多管闲事地发愁。上了台阶，本来是空空的庭院，现在觉得眼睛里很满，原来是两株高大的玉兰，不知何时种的。玉兰正在开花，虽已过了最盛期，仍是满树雪白。那白花和丁香不同，显得凝重得多。地下片片落花也各有姿态，我们看了树上的花，又把脚下的花看了片刻。

蔡元培像旁有一株树，叶子是红的，我们叫它红叶李。从临湖轩出来走到这里，忽见它也是满树的花。又过了两天，再去寻时，已经一朵花也看不见了。真令人诧异不止。

"我一生儿，爱好是天然。"花朵怎能老在枝头呢，万物消长是大自然的规律。

柳絮开始乱扑人面。我和仲走在小路上，踏着春光，小心翼翼地，珍惜地。不知何时，那棵朱砂碧桃的满树繁花也已谢尽，枝条空空的，连地上也不见花瓣。别的花也会跟着退场的。有上场，有退场，人，也是一样。

在黄水仙的故乡

近年从外面旅行回来,常有一句问话在等着:你印象最深的是什么?这次归自伦敦,不必等问,我逢人便说,印象最深的是黄水仙,那在绿草地上轻轻摇摆着的、明亮的黄水仙。

最初见到这花是在英国朋友家里,是栽在盆中的。"这就是华兹华斯所写的黄水仙。"她指给我们看。只见一丛黄色的花,花瓣形状有些像养在水中的中国单瓣水仙,然而大得多,整个花朵犹如饮黄酒用的大酒杯,在窗台上安静地垂着头,似乎并没有什么特别出色之处。

根据记忆中的诗句,这花应该是"一眼望去千万朵,摇着头儿舞婆娑"的。花盆里、窗台上,显然不是它应该居住的地方。

伦敦已经没有人为的雾,但因天气阴晴不定,时常飞雨飘忽,景色远望总有些朦胧,好像一幅幅水墨濡染的画,颇有我国江南韵味。市内有几处公园,在淡淡的朦胧中,那大片草地总像刚经过细雨浇洗,绿色中常有一小块鲜亮的黄,驱车来去经常看见。"那是黄水仙了。"大家指点说。只是没有停下来看过。

和北京的春天特别短相反,英格兰的春天特别长。晴晴雨雨,迟迟疑疑,乍暖还寒。一天到白金汉郡的一所大宅去参观,这座宅子名为沃德逊府,原属私人,现已交国家。看完外面巍峨的众多尖顶,里面豪华的复杂陈设,便往它所属的园地走去。经过鸟厅、玫瑰亭,又经过一种软皮的大树,我们来到一个长满绿草的山坡。满眼的绿十分滋润丰满,又像是刚下过雨。走着走着,我忽然觉得眼前一亮。

草地上好大一片黄水仙!它们随着微风轻快地摇摆。简直分不清一朵朵花,只觉一片跳动着的嫩黄,让人眼亮心明。它们好像冷不防把景物中那点朦胧揭去了,告诉人们,不管怎样乍暖还寒,看,明媚的春天在这里呢!

我看着,看着,竟没有想到
这景象带给我怎样的珍宝。

又是华兹华斯的诗句。对于每一个作者来说,他的所见所闻不知什么时候会给作品添上胜过珍宝的光辉。对于每一个看花人来说,自然的生命的欢乐又是艺术的力量比不上的。这后一点也许需要存疑，或者说对作者是一种鞭策。

　　以后在格林威治公园和皇家公园都看到大片黄水仙翩跹起舞，每次都使我惊喜。这大片的花总少不了更大片的绿草地做背景，使人于惊喜中又感到开阔而踏实。同伴们回国后，我独自留在伦敦。每天走约二十分钟的路去乘地铁，到大英图书馆看书。二十分钟的路，一路都是住宅。每座房屋前空地不大，但都整治得很好，种着各种花草，其中当然少不了黄水仙。它们一丛丛站在绿草间，调皮地把头歪来歪去。

　　英国人喜欢黄水仙是无疑了，有华兹华斯的诗为证。它一定也是容易种的，才这样随处可见。它很普通，绝不孤芳自赏，每一棵每一朵都很平淡。但是成为一大片时却那样活泼，那样欢乐，那样夺目，又那样朴素。它们形成群体时才充分显出自己这一种花的美。它们每一朵每一棵都互相依靠，而且紧挨着绿草地的胸怀。

　　一眼望去千万朵
　　摇着头儿舞婆娑

　　美丽的黄水仙，这时想已谢了。

花的话

春天来了,几阵轻风,数番微雨,洗去了冬日的沉重。大地透出嫩绿的颜色,花儿们也陆续开放了。若照严格的花时来说,它们可能彼此见不着面,但在这既非真实,也非虚妄的园中,它们聚集在一起了。不同的红,不同的黄,以及洁白、浅紫,颜色十分绚丽;繁复新巧的,纤薄秀弱的,式样各出心裁。各色各式的花朵在园中铺展开一片锦绣。

花儿们刚刚睁开眼睛时,总要惊叹道:"多么美好的世界,多么明媚的春天!"阳光照着,蜜蜂儿、蝴蝶儿绕着花枝上下飞舞,一片绚烂的花的颜色,真叫人眼花缭乱,忍不住赞赏生命的浓艳。花儿们带着新奇的心情望着一切,慢慢地舒展着花瓣,从一个个小小的花苞开成一朵朵鲜丽的花。她们彼此学习着怎样斜倚在枝头,怎样颤动着花蕊,怎样散发出各种各样的清雅的、浓郁的、幽甜的芳香,给世界更增几分优美。

开着开着，花儿们看惯了春天的世界，觉得也不过是如此。却渐渐地觉得自己十分重要，自己正是这美好世界中最美好的。

一个夜晚，明月初上，月光清幽，缓缓流进花丛深处。花儿们呼吸着夜晚的清新空气，都想谈谈心里话。榆叶梅是个急性子，她首先开口道："春天的花园里，就数我最惹人注意了。你们听人们说过吗？远望着，我简直像朵朵红云，飘在花园的背景上。"大家一听，她把别人都算成了背景，都有点发愣。玫瑰花听她这么不谦虚，很生气，马上提醒她："你虽说开得茂盛，也不过是个极普通的品种，要取得突出的位置，还得出身名门。玫瑰是珍贵的品种，这是人所共知的。"她说着，骄傲地昂起头。真的，她那鲜红的、密密层层的花瓣，组成一朵朵异常娇艳的不太大也不太小的花，叫人忍不住想摸一摸，嗅一嗅。

"要说出身名门，——"芍药端庄地颔首微笑。当然，大家都知道芍药自古有花相之名，其高贵自不必说。不过这种门第观念，花儿们也都知道是过时了。有谁轻轻嘟囔了一句："还讲什么门第，这是18世纪的话题！"芍药听了不再开口，仿佛她既重视门第，也觉得不能光看门第似的。

"花要开得好，还要开得早！"已经将残的桃花把话题转了开去，"我是冒着春寒开花的，在这北方的没有梅花的花园里，我开得最早，是带头的。可是那些耍笔杆儿的，光是松呵，竹呵，说他们怎样坚贞，就没人看见我这种突出的品质！"

"我开花也很早，不过比你稍后几天，我的花色也很美呀！"说话的是杏花。

连翘忙插话道："论美丽，实在没法子比，有人喜欢这个，有人喜欢那个，难说，难说。倒是从有用来讲，整个花园里，只有我和芍药姐姐能做药材，治病养人。"她得意地摆动着柔长的枝条，一长串的小黄花都在微笑。

玫瑰花略侧一侧她那娇红的脸，轻轻笑道："你不知道玫瑰油的贵重吧。玫瑰花瓣儿，用途也很多呢。"

白丁香正在半开，满树如同洒了微霜，她是不大爱说话的，这时也被这番谈话吸引了，慢慢地说："花么，当然还是要比美。依我看，颜色态度，既清雅而又高贵，谁都比不上玉兰。她贵而不俗，雅而不酸，这样白，这样美——"丁香慢吞吞地想着适当的措词。微风一过，摇动着她的小花，散发出一阵阵幽香。

盛开的玉兰也矜持地开口了。她的花朵大，显得十分凝重，颜色白，显得十分清丽，又从高处向下说话，自然而然便有一种屈尊纡贵的神气。"丁香的花真像许多小小银星，她也许不是最美的花，但她是最迷人的花。"她的口气是这样有把握，大家一时都想不出话来说。

忽然间，花园的角门开了，一个小男孩飞跑了进来，他没有看那月光下的万紫千红，却一直跑到松树背后的一个不受人注意的墙角，在那如茵的绿草中间，采摘着野生的二月兰。

那些浅紫色的二月兰，是那样矮小，那样默默无闻。她们从没有想到自己有什么特殊招人喜爱的地方，只是默默地尽自己微薄的力量，给世界加上点滴的欢乐。

小男孩预备把这一束小花插在墨水瓶里，送给他敬爱的、终日辛勤劳碌的老师。老师一定会从那充满着幻想的颜色，看出他的心意的。

月儿行到中天，花园里没有再开始谈话，花儿们沉默着，不知怎么，都有点不好意思。

第三辑
读书知味，行路生香

四时读书乐，另两时记不得了。乃另诌了两句，曰："读书之乐何处寻？秋水文章不染尘。""读书之乐乐融融，冰雪聪明一卷中。"

恨书

写下这个题目,自己觉得有几分吓人。书之可宝可爱,尽人皆知,何以会惹得我恨?有时甚至是恨恨不已,恨声不绝,恨不得把它们都扔出去,剩下一间空荡荡的屋子。

显而易见,最先的问题是地盘问题。老父今年九十岁了,少说也积了七十年书。虽然屡经各种洗礼,所藏还是可观。原先集中摆放,一排一排,很有个小图书馆的模样。后来人口扩张,下一代不愿住不见阳光的小黑屋,见"图书馆"阳光明媚,便对书有些怀恨。"书都把人挤得没地方了。"这意见母亲在世时便有。听说有位老学者一直让书住正房,我这一代人可没有那修养了,以为人为万物之灵,书也是人写的,人比书更应该得到阳光空气和推窗得见的好景致。

后来便把书化整为零,分在各个房间。于是我的斗室也摊上几架旧书,《列子》《抱朴子》《亢仓子》《淮南子》《燕丹子》……它们遥远又遥远，神秘又无用。还有《皇清经解》，想起来便觉得腐气冲天。而我的文稿札记只好塞在这些书缝中，可怜地露出一点纸边，几乎要遗失在悠久的历史的茫然里。

其次惹得人恨的是书柜。它们的年龄都已有半个世纪，有的古色古香，上面的大篆字至今没有确解。对这我倒并无恶感。糟糕的是许多书柜没有拉手，当初可能没有这种"设备"（照说也不至于），以至很难开关，关时要对准榫头，关上后便再也开不开，每次都得起用改锥（那也得找半天）。可是有的柜门却太松，低头屈身，找下面柜中书时，上面的柜门会忽然掉下，啪的一声砸在头上，直把人打得发昏。这岂非关系人命的大事，怎不令人怀恨！有时晚饭后全家围坐笑语融融之际，或夜深梦酣之时，忽然一声巨响，使人心惊胆战，以为是地震或某种爆炸，惊走或披衣起来查看，原来是柜门掉了下来！

其实这些都不是解决不了的问题，只因我理家包括理书无方，才因循至此。可是因为书，我常觉惶惶然。这种惶惶然的感觉细想时可分为二。一是常感负疚，一是常觉遗憾。这确是无法解决的。

邓拓同志有句云："闭户遍读家藏书。"谓是人生一乐。在家藏旧书中遇见一本想读的书，真令人又惊又喜。但看来我今生是不能有遍读之乐了，不要说读，连理也做不到。一因没有时间，忙里偷闲时也有比书更重要的人和事需要照管料理。二是没有精力，有时需要放下最重要的事坐着喘气儿。三是因有过敏疾病，不能接触久置积尘的书。于是大家推选外子为图书馆馆长。这些年我们在这座房子里搬来搬去，可怜他负书行的路大约也在百里以上了。在每次搬动之余，也处理一些没有保存价值的东西。一次我从外面回来，见我们的图书馆长正在门前处理旧书。我稍一拨弄，竟发现两本《丛书集成》中的花卉书。要知道《丛书集成》是四千多本一套的啊！但是我在怒火上升又下降之后，觉得他也太辛苦，哪能一本本都仔细看过？又怀疑是否扔去了珍贵的书，又责怪自己无能，没有担负起应尽的责任。如此怨天尤人，到后来觉得罪魁祸首都是书！

　　书还使我常觉遗憾。在我们磕头碰脑满眼旧书的居所中，常常发现有想读的或特别珍爱的书不见了。我曾遇一本英文的《杨子》，翻了一两页，竟很有诗意。想看，搁在一边，找不到了。又曾遇一本陆志韦关于唐诗的五篇英文演讲，想看，搁在一边，也找不到了。后来大图书馆中贴出这一书目，当然也不会特意去借。最令人痛惜的是《四库全书》中萧云从《离骚全图》的影印本，很大的本子，极讲究的锦面，醒目的大字，想细细把玩，可是，又找不到了！也许"只在此山中，云深不知处"？据图书馆长说已遍寻无着——总以为若是我自己找，可能会出现。但是总未能找,书也并未出现。

好遗憾啊!于是我想,还不如根本没有这些书,也不用负疚,也没有遗憾。

那该多么轻松。对无能如我者来说,这可能是上策。但我毕竟神经正常,不能真把书全请出门,只好仍时时恨恨,凑合着过日子。

是曰恨书。

卖书

几年前写过一篇短文《恨书》，恨了若干年，结果是卖掉。

这话说说容易，真到要做也颇费周折。

卖书的主要目的是扩大空间。因为侍奉老父，多年随居燕园，房子总算不小，但大部为书所占。四壁图书固然可爱，到了四壁容不下，横七竖八向房中伸出，书墙层叠，挡住去路时，则不免闷气。而且新书源源不绝，往往信手一塞，混入历史之中，再难寻觅。有一天忽然悟出，要有搁新书的地方，先得处理旧书。

其实处理零散的旧书，早在不断进行。现在的目标，是成套的大书。以为若卖了，既可腾出地盘，又可贴补家用，何乐而不为。依外子仲的意见，要请出的首先是《丛书集成》。而我认为这部书包罗万象，很有用，且因他曾险些错卖了几本，受我责备，不免有衔恨的嫌疑，不能卖。又讨论了百衲本的《二十四史》,因为放那书柜之处正好放饭桌。但这书恰是父亲心爱之物,虽然他现在视力极弱,不能再读,却愿留着。我们笑说这书有大后台,更不能卖。仲屡次败北后,目光转向《全唐文》。《全唐文》有一千卷,占据了全家最大书柜的最上一层。若要取阅,须得搬椅子、上椅子、开柜门、翻动叠压着的卷册,好不费事。作为唯一读者的仲屡次呼吁卖掉它,说是北大图书馆对许多书实行开架,查阅方便多了。又不知交何运道,经过"文革"洗礼,这书无损污,无缺册,心中暗自盘算一定卖得好价钱,够贴补几个月。经过讨论协商,顺利取得一致意见。书店很快来人估看,出价一千元。

这部书究竟价值几何,实在心中无数,可一千元也太少了!因向北京图书馆馆长请教。过几天馆长先生打电话来说,《全唐文》已有新版,这种线装书查阅不便,经过调查,价钱也就是这样了。

书店来取书的这天,一千卷《全唐文》堆放在客厅地上等待捆扎,这时我才拿起一本翻阅,只见纸色洁白,字大悦目。随手翻到一篇讲音乐的文章:"烈与悲者角之声,欢与壮者鼓之声;烈与悲似义,欢与壮似勇。"作者李磎。心想这形容很好,只是久不见悲壮的艺术了。又想知道这书的由来,特地找出第一卷,读到嘉庆皇帝的序文:"天地大文日月山川万古昭著者也。人受天地之中以生，经世载道，立言牖民。观乎人文以化成天下。文之时义大矣哉！"又知嘉庆十二年，皇帝得内府旧藏唐文善本一百六十册，认为体例未协，选择不精，命儒臣重加厘定，于十九年编成。古代开国皇帝大都从马上得天下，以后知道不能从马上治之，都要演习斯文，不敢轻渎知识的作用，似比某些现代人还多几分见识。我极厌烦近来流行的宫廷热，这时却对皇帝生出几分敬意，虽然他还说不出科学技术是生产力这样的话。

书店的人见我把玩不舍，安慰道，这价钱也就差不多。以前官宦人家讲究排场，都得有几部老书装门面，价钱自然上去。现在不讲这门面了，过几年说不定只能当废纸卖了。

为了避免一部大书变为废纸，遂请他们立刻拿走。还附带消灭了两套最惹人厌的《皇清经解》。《皇清经解》中夹有父亲当年写的纸签，倒是珍贵之物，我小心地把纸签依次序取下，放在一个信封内。可是一转眼，信封又不知放到何处去了。

虽然得了一大块地盘，许多旧英文书得以舒展，心中仍觉不安，似乎卖书总不是读书人的本分事。及至读到《书太多了》（《读书》杂志1988年7月号）这篇文章，不觉精神大振。吕叔湘先生在文中介绍一篇英国散文《毁书》，那作者因书太多无法处理，用麻袋装了大批初版诗集，午夜沉之于泰晤士河，书既然可毁，卖又何妨！比起毁书，卖书要强多了。若是得半夜里鬼鬼祟祟跑到昆明湖去摆脱这些书,我们这些庸人怕只能老老实实缩在墙角,永世也不得出来了。

最近在一次会上得见吕先生,因说及受到的启发。吕先生笑说:"那文章有点讽刺意味,不是说毁去的是初版诗集么!"

可不是!初版诗集的意思是说那些是不必再版,经不起时间考验的无病呻吟,也许它们本不应得到出版的机会。对大家无用的书可毁,对一家无用的书可卖,自是天经地义。至于卖不出好价钱,也不是我管得了的。

如此想过,心安理得。整理了两天书,自觉辛苦,等疲劳去后,大概又要打新主意。那时可能真是迫于生计,不只为图地盘了。

乐书

多年以前，读过一首《四时读书乐》，现在只记得四句："读书之乐乐何如？绿满窗前草不除。""读书之乐乐无穷，瑶琴一曲来熏风。"这是春夏的情景，也是读书的乐境。"绿满窗前草不除"一句，是形容生机盎然的自由自在的情趣。"瑶琴一曲来熏风"一句，是形容炎炎夏日中书会给人一个清凉的世界。这种乐境只有在读书时才会有。

作者写书总是把他这个人最有价值的一面放进书里，他在写书的时候，对自己已经进行了过滤。经常读书，接触的都是别人的精华。读书本身就是一件聪明的事，也是一件快乐的事。陶渊明说："每有会意，便欣然忘食。"金圣叹读到《西厢记》"不瞅人待怎生"一句，感动得三日卧床不食不语。这都是读书的至高境界。这不只是书本身的力量，也需要读者的会心。

我不是一个做学问的读书人，读书缺少严谨的计划，常是兴之所至。虽然不够正规,也算和书打了几十年交道。我想,读书有一个"分—合—分"的过程。

"分"就是要把各种书区分开来,也就是要有一个选择的过程。现在书出得极多,有人形容,写书的比读书的还多,简直成了灾。我看见那些装帧精美的书,总想着又有几棵树冤枉地献身了。"开卷有益"可以说是一句完全过时的话,千万不要让那些假冒伪劣的"精神产品"侵蚀。即便是列入必读书目的,也要经过自己慎重选择。有些书评简直就是一种误导,名实不符者极多,名实相悖者也有。当然可读的书更多。总的说来,有的书可精读,有的书可泛读,有的书浏览一下即可。美国教授老温德告诉我,他常用一种"对角线读书法",即从一页的左上角一眼看到右下角。这种读书法对现在的横排本也很适用。不同的读法可以有不同的收获,最重要的是读好书,读那些经过时间圈点的书。

书经过区分,选好了,读时就要"合"。古人说"读书得间",就是要在字里行间得到弦外之音,象外之旨,得到言语传达不尽的意思。朱熹说读书要"涵泳玩索,久之自有所见",涵泳是在水中潜行,也就是说必须入水,与水相合,才能了解水,得到滋养润泽。王国维谈读书三境界,第三种境界是"蓦然回首,那人却在灯火阑珊处",这种豁然贯通,便是一种会心。在那一刻间，读者必觉作者是他的代言人，想到他所不能想的，说了他所不会说不敢说的，三万六千毛孔都张开来，好不畅快。

古时有人自外回家，有了很大变化，人们议论，说他不是遇见了奇人，就是遇见了奇书。书对人的影响是非常大的。不过要使书真的为自己所用，就要从"合"中跳出来，再有一次"分"，把书中的理和自己掌握的理参照而行。虽然自己的理不断受书中的理影响，却总能用自己的理去衡量、判断、实践。用现在的话说就是活学活用，用文一点的话说，就叫作"六经注我"。读书到这般地步，不只有乐，而且有成矣。

其实，这些都是废话，每个人有自己的读书法，平常读书不一定都想得那么多，随意翻阅也是一种快乐。我从小喜欢看书，所以得了一双高度近视眼。小时候家里人形容我一看书就要吃东西，一吃东西就要看书，可见不是个正襟危坐的学者，最多沾染了些书呆气，或美其名曰书卷气。因为从小在书堆中长大，磕头碰脑都是书，有一阵子很为其困扰，曾写了《恨书》《卖书》等文，颇引关注。

后来把这些朋友都安排到妥当或不甚妥当的去处，却又觉得很为想念，眼皮子底下少了这一箱那一柜或索性乱堆着的书，确实失去了很多。原来走到房屋的每一个角落，都可以接触到各种宏论，感受到各种情感，这里那里还不时会冒出一个个小故事。

虽然足不出户，书把我的生活从时空上都拓展了。因为思念，曾想写一篇《忆书》，也只是想想而已。

近几年来眼疾发展，几乎不能视物，和书也久违了。幸好科学发达，经治疗后，忽然又看见了世界，也看见经过整顿后书柜里的书。我拿起几部特别喜爱的线装书抚摸着，一部《东坡乐府》，一部《李义山诗集》，一部《世说新语》。还有一部《温飞卿诗集》，字特别大，我随手翻到"捣麝成尘香不灭，拗莲作寸丝难绝"，不觉一惊——现在哪里还有这样的真诚和执着呢？

寒暑交替，我们的忙总无变化，忙着做各种有意义和无意义的事。我和老伴现在最大的快乐就是每晚在一起读书，其实是他念给我听。朋友们称赞他的声音厚实有力，我通过这声音得到书的内容，更觉得丰富。书房中有一副对联："把酒时看剑，焚香夜读书。"我们也焚香，不过不是龙涎香、鸡舌香，而是最普通的蚊香，以免蚊虫骚扰。古人焚香或也有这个用处？

四时读书乐，另两时记不得了。乃另诌了两句，曰："读书之乐何处寻？秋水文章不染尘。""读书之乐乐融融，冰雪聪明一卷中。"聊充结尾。

告别阅读

二〇〇〇年,正逢阴历龙年。春节前,看到各种颜色鲜艳、印刷精美的贺卡,写着千禧龙年,街上挂着红灯,摆着花篮,真觉得辉煌无比。

龙年是我的本命年,还未进入龙年,便有人说,你要准备一条红腰带。我笑笑说,才不信那些呢。临近兔年除夕,我站在窗前,突然眼前一黑,左眼中仿佛遮上了一层黑纱帘,它是我依靠的那只眼睛,右眼早已不大能用。现在一切都变得朦胧,这是怎么了?我很奇怪。自从去年夏天,做过白内障手术后,我已经习惯了过明白日子,而且以为再不会糊涂,现在的情况显然是眼睛又出了问题。因为就要过节,只好等到春节后再去就医。

龙年的第一件大事便是去医院。诊断是我没有想到的:视网膜脱落。医生说只要做一个小手术,打气泡到眼睛里,即可复位。我便听医生的话住院,做手术。手术后真有两周令人兴奋的时光,眼前的纱帘没有了,一切和以前差不多,头脑似乎还更清楚些。

不料十几天后,气泡消尽,再加上我患喘息性支气管炎,咳嗽得山摇地动。二月二十七日,视网膜再次脱落。

我只有再次求医,医生还是说要打气泡。我想这次脱落的范围大了,气泡是否顶得住。经过劝说,还是做了打气泡的决定。

当时我认为咳嗽是大敌,特住进医院求保护,果然咳嗽是躲过了,但仍然没有躲过网脱。

三月二十日,气泡快消尽时,视网膜第三次脱落。气泡果然不能完成任务。我清楚地看见,视网膜挂在眼前,不再是黑纱,而像是布片。夜晚,我久不能寐,依稀看见窗下的月光,月光淡淡的,我很想去抚摸它。我怕自己再也不能感受光亮。查夜的护士问,为什么不睡,有什么不舒服?我只能说,我很不幸。

第三次手术,是把硅油打在眼睛里,是眼科的大手术。手术确定了,可是没有床位。一天天过去了,可以清楚地感觉到网脱的范围越来越大,后来,无论怎样睁大眼睛,眼前还是一片黑暗,无边无涯,没有人帮助我解脱。忽然,我仿佛看见了我的父亲,他也在睁大了他那视而不见的眼睛,手抚银须,面带微笑，安详地口授巨著。晚年的父亲是准盲人，可是他从未停止工作，以后父亲多次出现在黑暗中，像是在指点我，应该怎样面对灾祸。

终于熬到了住进医院，熬到了做手术的这天。上手术台前的诊断是，视网膜全脱。

在手术室里还和麻醉师有一番争论。麻醉师很年轻，很认真负责。她见我头晕，十分艰难地躺上手术台，便不肯用原定的麻醉计划，说："你这是要眼睛不要命。要我用麻醉最好再签一回字。"经主刀医生解释，已经过各科会诊，麻醉师最后同意用局麻进行手术。她怕我出问题，给麻药很吝啬。于是我向关云长学习，进行了一次刮骨疗毒。麻醉师也是有道理的，疼是小事，命是大事。就是手术安排得不恰当，时间的延误，我都没有什么好抱怨的，我只怪一个人，那就是上帝。他老人家造人造得太不完美了，好好的器官，怎么要擅离职守掉下来，而且还顽固地不肯复位。头在颈上，手在臂上，脚在腿上，谁曾见它们掉下来过？怎么视网膜这样特别？

其实，我自己也知道这不过是几句气话。网脱是一种病，高度近视是起因。我再一次被病魔擒获。

手术顺利，离战胜病魔还很远。接下来的是长期俯卧位——趴着。人是站立的动物，怎么能趴着呢？为了眼睛也渐习惯了。

据说手术成功与否和是否认真趴着很有关系。硅油的作用是帮着视网膜重新长好。三个月到半年后，再做一次手术将油取出。油取出后常有视网膜重新脱落的病例。我真奇怪科学发展这样迅速，怎么对网脱的治疗没有完善的办法。用油或气顶住，气消失油取出后，重脱的可能性极大，也只能到时候再说了。希望我这是杞人忧天。

手术后，重又感觉到光亮。视力已经很可怜，但是能感觉光亮。光亮和黑暗是两个世界，就像阳间和阴间一样。我又回到了阳间，摆脱了黑暗，我很满足。回到家中，我在房间里走来走去，还可以指出窗帘该换，猫该洗了。丁香早已开过，草玉兰还剩几朵，我赶上了蔷薇花，有人家的蔷薇一直爬到楼上，几百朵同时开放，我看不清楚花朵，但能感受到那是一大幅鲜艳的画图。

但是我不再能阅读。

对于从小躲在被子里看小说的我来说，不能阅读真是残酷的事。文字给了我多么丰富、多么美妙的世界。小小的方块字，把社会和历史都摆在了面前。我曾长时期因患白内障不能阅读，但那时总怀有希望，总以为将来还是能看书的。午夜梦回，开出一长串书单，我要读丘吉尔的文章，感受他的文采，《维摩诘所说经》、苏曼殊文都想再读。白内障手术后，这些都未做到，但是希望并未灭绝。视网膜的叛变，扑灭了读书的希望，我不再能享受文字的世界，也不再能从随时随地磕头碰脑的书中汲取营养。我觉得自己好像孤零零地悬在空中，少了许多联系，变得迟钝了，干瘪了，奇怪的是我没有一点烦躁。既然我在健康上是这样贫穷，就只能安心地过一种清贫的生活。我的箪食瓢饮就是报刊上的大字标题，或书籍封面上的名字，我只有谨慎地保护维持目前的视力，不要变成盲人。

我的父亲晚年成为准盲人，但思想仍是那样丰富，因为他有储存，可以"反刍"。这一点我是做不到的。听人读书也是一乐，但和阅读毕竟是不一样的。幸好我还有一位真正可听的朋友，那就是音乐。

文学和音乐，伴随着我的一生。可以说，文学是已完嫁娶的终身伴侣，音乐是永不变心的情人（如果世界上有这种东西的话）。文学是土地，是粮食；音乐是泉水，是盐。文学的土地是我耕耘的，它是这样无比宽广，容纳万物。音乐的泉水流动着，洗涤着听者的灵魂，帮助我耕耘。

我又站在窗前，想起父亲在不能读写时，写出的那部大书，模糊中似乎看见老人坐在轮椅上，指一指院中的几朵蔷薇，粉红色的花瓣有些透亮。忽然间，"桃色的云"出现在花架边，他是盲诗人爱罗先珂笔下的精灵——春的侍者。我揉揉眼睛，"桃色的云"那翩翩美少年,手持蔷薇花,正含笑站在那里。

我不能读书,可是我可以写书。也许,我不读别人的书,更能写好自己的书。

我用大话安慰自己,平心静气地告别阅读。

读书断想

每当独坐时，常有一种幸运之感。因为我有眼睛可以读书，有耳朵可以听音乐。人类创造了这么多好东西，让人迫不及待地去亲近，而无暇寂寞。

书是我最好的朋友。一本本书打开一个又一个世界，符合古训择友条件之一"友多闻"。比较来说，书又不需特别设备和繁杂操作，一卷在手，便可领略，对于有些愚懒的人很合适。

有的书可以反复读，直至几个世纪；有的书一遍未终，便可弃置。这两种书像两条永不相交的平行线，永远不会彼此了解。有一位哲人说，前者是真实的书，是有灵魂的，活生生的；后者是表面的书，迷雾一片，唬人而已。真实的书读多么多也不嫌多，表面的书读多么少也不嫌少。

要读书，而且要读好书。

也是这位哲人说过，不读书是很不合算的事，因为书里集中了作者的经验和智慧——这当然是指那些真实的好书。一本好书的作者本人,有时并不一定讨人喜欢,而他的追求、心血,他的好的方面却都倾注在书里了。他的书是他的精华。读书,是取其精华,又何乐而不为呢。

一个人的存在,大体上可有两方面:一是这个人是什么,就是说,他是怎样的人,有怎样的人格,包括品德、学识、性情等;一是他有什么,包括地位、财产等。社会愈向前发展,一个人是什么和有什么愈应一致。读书可以改变一个人的精神面貌和内在气质,可以改变他本人,而增加人格的力量。

"书中自有黄金屋,书中自有颜如玉"的时代已经过去了,但是读好书永远可以帮助你提高自己,发展自己。读到的知识属于你,获得的精神力量属于你。好书永远不会欺骗,永远是你可靠的朋友。

要读书,要读好书。

爬山

我喜欢爬山。

山,可不是容易亲近的。得有多少机缘凑合,才能来到山的脚下。谁也不能把山移到家门前。它不像书,无论内容多么丰富高深,都可以带来带去,枕边案上,随时可取。置身于山脚,才是看到书的封面,或瑰丽,或淡雅,或雄伟,或玲珑,在这后面,蕴藏着不知;若要见到每一页的景象,唯一的办法,是一步步走。

山是老实的。山也喜欢老实的、一步一步走着的人。

我们开始爬山。路起始处有几户人家,几棵大树,一点花草,点缀着这座光秃秃的山。向上伸展着的路,黄土白石,很是分明。到了一定的高度,便成为连续不断的之字形,从这面山坡转过去,不知通向哪里。

"云水洞在哪儿?"侄辈问村舍边的老汉。

"在那后面。"老汉仰首指着邻近山峰上的三根电线杆。"还在那杆后面。"他看看我们，笑道："上吧！"

山路不算险，但因没有修整，路面崎岖，很难行走。我爬到半山腰，已觉气喘吁吁。转身不需要仰首，便见对面山上云雾缭绕，山脚的几户人家，也消失在那一点绿荫中了。

"能上去么？"家人问。

当然能的。我们略事休息，继续攀登。又走了一段，我心跳，头也发胀，连忙摸摸衣袋中的硝酸甘油，坐了下来。"不去了，好么？"家人又问。

当然要去的！只要多休息，从容些就行。我们逐渐升高，山顶越来越近了。

已经有下山的人，他们是从另一侧上去的。"还有多远？"上山的人总爱问。"不远了，快一半了。""值得看，那洞像天文馆一样。"下山的人说。在同一条山路处，互不相识的人总是互相关心，互相鼓励的。虽然在人生的道路上，并不尽然。

转过了山头，便是下坡路了。可以看见对面山头上的三根电线杆而无须仰首了。这山头后面的山腰中有两间小屋，一前一后。"那里就是了！"有人叫起来。大家为之精神一振，人们加快了脚步。我还是一步步有节奏地走着。山坳里不再光秃秃，森然的树木送来清凉的空气。走着走着，深深的山谷中忽然出现一堵高大的断墙，巨石一块块摞着，好像随时会倒下来。不知经过了多少年月，多少水流风力和地壳的变化，叠成了这堵墙，这倒有点像黄山的景色。我忽然想起，去年今日，我正在黄山的云海中行走。

对云水洞的向往阻止了关于黄山的回忆。我们终于到了。一路风景平淡，洞外更像个集市，乱哄哄都是人。洞里会怎样？因为谁也不曾到过这类的洞，大家都很兴奋。进洞了。甬道不宽，地上湿漉漉的，洞顶也在滴水。灯光很弱，显得有些神秘。

前面的人忽然发出一阵惊叹之声，我们进入了一个大厅堂。头上是一个大圆顶，这样的高大！似乎山也没有这样高。"那么山是空的了。"谁说了一句。我们还没有来得及惊叹，灯光灭了，眼前漆黑一片，惊叹声变作惋惜的叹声。如果罩住我们的穹隆能像天文馆的圆顶，发出光来就好了。没有光，什么也看不见。我觉得头上便是黑夜的天空本身，亿万年前便笼罩着大地的天空本身，而我们是在山的内部！人流向前进了，我们模糊地觉得有几块大石，矗立在路边。卧虎？翔龙？还是别的什么？只好想象。有的时候，身在现场也需要想象的。

我们看到石的帐幔，又是这样高大！像是它撑住了黑色的天空。看到洞顶垂下的石钟乳，如同小小的瀑布；听讲解员敲了几下石鼓、石钟，鼓声浑厚，钟声清亮，却不知它们的形状。

看得最清楚的，是路边的一只骆驼。它站在那里，不知有几千万年了。第五厅较小，身旁石壁上缀满了闪亮的雪花，头顶垂着的一穗穗玉米，不知出自哪一位能工巧匠之手。等我们赶到第六厅——最后一厅时，看到了一座座玲珑剔透的山峰，在明亮的灯光下，宛如仙境。据说这里有十八罗汉像。又是正要惊叹时，灯倏地灭了，只好慨叹缘悭，不得识罗汉面。但是得睹仙山，也算是到了西天吧。

限于时间，不能等下一次开灯。虽然只匆匆一瞥，那宏伟、那奇特、那黑暗都留在了我的眼前。回来的路上，大家仍兴奋地谈说，只因没有看全，稍有些遗憾。我却满意，因为这番见识，是靠一步步走，才得到的。

我们又一步步下了山。山脚的老汉在路边摆出许多块上水石。他问："上去了？"我对他笑。要知道，比这高得多的山我也上去了呢，无非一步步走而已。

车上人都睡了。我不由得又想起黄山上的那几天。那一次医生原不批准我上山，见我心诚，才勉强同意。我也准备半途而废的。到慈光阁的路上，只是一般山景，已经累了。上了庙后的从容亭，忽觉豁然开朗，远处的大谷，露出宽阔的石壁，如同敞开胸怀，欢迎每一个来客。小路便沿着这雄伟的山谷，向上，向上，消失在云雾中。谁能在这里止步呢？而且那"从容"两字用得多好！我常觉黄山的文化修养较差，是件憾事。这两个字，却是我一直不忘的。

到半山寺，我已抬不起脚。猛抬头，看见天都峰顶的金鸡，是那样惟妙惟肖，顿时又有了力气。"上来吧！上来吧！"它在叫天门，也在召唤远方的陌生人。走吧，走吧，一步步从容地走，终究会到的。

上得蟠龙坡，才真算到了黄山。从这里开始，上下完全是两个世界。从坡顶远望，每一座山，都好像各自从地下拔起，不慌不忙地高耸入云。我恍然大悟，黄山，原是个大石林。站在没有遮拦的坡顶，罡风吹走了下界的一切烦恼，奇丽的景色涤荡着心胸，只觉得眼前这般开阔，心上了无牵挂，毫无纤尘，真如明镜台了。怪不得庙宇、庵、观都选在奇峰异壑，才能修身养性呢。

记得在玉屏楼那晚，本想出来看月的。前两天汤溪的夜，真是月明如洗。只是房中人太多，我在最里面，走不出来。只好从一个狭窄的窗中，对着黑黝黝的大石壁，想象着月下的群山怎样模糊了轮廓，而群山上的月，又是怎样格外明亮，格外皎洁。

半途而废的计划取消了。我继续一步一步向上爬。忽见远处一片明亮的水，中间隐现城池。我以为那是"人寰处"了。被问的人大笑，说那便是著名的云海，只可惜浅了些，所以露出些峰峦。我坐定了观赏，见它波涛起伏，真像大海一般，但它究竟是云，看上去虚无缥缈，飘飘荡荡，与大海的丰富沉着，是两般风味。黄山是山，山中划分区域，以海为名，最初想到这样命名的，也算是聪明人了。

我一步步走着。看那大鳌鱼，那样大，那样高，那样远。我终于钻进了它的腹中，又从嘴里出来了。我在平天矼上漫步，在东海门流连。我走的是现成的路，是别人一步步走出来的现成的路。徐霞客初到黄山时，是用锄凿冰，凿出一个坑，放上一只脚。如果在现成的路上还不能走，未免惭愧。当然，若是无心山水，当作别论。

我登上了始信峰，那是我登山的最终极处。这峰较小，却极秀丽，只容一人行走的窄石桥下，深渊无底。远看石笋矼，真如春笋出土，在悄悄地生长。峰顶是一块大石，石上又有石，我没有想到，上面又写着"从容"二字。

我从容地下了山。因为未上天都，有人为我遗憾。想来我虽不肯半途而废，却肯适可而止，才得以从容始，又以从容终。

后来一直想写一段关于黄山的文字，又怕过于肤浅，得罪山灵。不料从小小上方山的浮光掠影中联想到去年今日。无论怎样的高山，只要一步步走，终究可以到达山顶的。到达山顶的乐趣自不必说，那一步步地走的乐趣，也不是乘坐直升飞机能够体会到的。

于是又想到把写文章比作爬格子的譬喻。林黛玉有话：还得一笔笔地画。薛宝钗评论说：这话妙极了，不一笔一笔地画，可怎么画出来了呢？文章也是一个字一个字写的，不在格子上爬，可怎么写出来了呢？

不一步步爬，可怎么上山呢？

我喜欢爬山。

西湖漫笔

平生最喜欢游山逛水。这几年来，很改了不少闲情逸致，只在这山水上头，却还依旧。那五百里滇池粼粼的水波，那兴安岭上起伏不断的绿沉沉的林海，那开满了各色无名的花儿的广阔的呼伦贝尔草原，以及那举手可以接天的险峻的华山……曾给人多少有趣的思想，曾激发起多少变幻的感情。一到这些名山大川异地胜景，总会有一种奇怪的力量震荡着我，几乎忍不住要呼喊起来："这是我的伟大的、亲爱的祖国——"

然而在足迹所到的地方，也有经过很长久的时间，我才能理解、欣赏。正像看达·芬奇的名画《永远的微笑》，我曾看过多少遍，看不出她美在哪里，在看过多少遍之后，一次又拿来把玩，忽然发现那温柔的微笑，那嘴角的线条，那手的表情，是这样无以名状的美，只觉得眼泪直涌上来。山水，也是这样的，去上一次两次,可能不会了解它的性情,直到去过三次四次,才恍然有所悟。

我要说的地方,是多少人说过写过的杭州。六月间,我第四次去到西子湖畔,距第一次来,已经有九年了。这九年间,我竟没有说过西湖一句好话。发议论说,论秀媚,西湖比不上长湖天真自然,楚楚有致;论宏伟,比不上太湖,烟霞万顷,气象万千——好在到过的名湖不多,不然,不知还有多少谬论。

奇怪得很,这次却有着迥乎不同的印象。六月,并不是好时候,没有花,没有雪,没有春光,也没有秋意。那几天,有的是满湖烟雨,山光水色俱是一片迷蒙。西湖,仿佛在半醒半睡。空气中,弥漫着经了雨的栀子花的甜香。记起东坡诗句:"水光潋滟晴方好,山色空蒙雨亦奇。"便想,东坡自是最了解西湖的人,实在应该仔细观赏领略才是。

正像每次一样,匆匆地来,又匆匆地去。几天中我领略了两个字,一个是"绿",只凭这一点,已使我流连忘返。雨中去访灵隐,一下车,只觉得绿意扑眼而来。道旁古木参天,苍翠欲滴,似乎飘着的雨丝儿也都是绿的。飞来峰上层层叠叠的树木,有的绿得发黑,深极了,浓极了;有的绿得发蓝,浅极了,亮极了。峰下蜿蜒的小径,布满青苔,直绿到了石头缝里。在冷泉亭上小坐，真觉得遍体生凉，心旷神怡。亭旁溪水琤琮，说是溪水，其实表达不出那奔流的气势，平稳处也是碧澄澄的，流得急了，水花飞溅，如飞珠滚玉一般，在这一片绿色的影中显得分外好看。

西湖胜景很多，各处有不同的好处，即便一个绿色，也各有不同。黄龙洞绿得幽，屏风山绿得野，九溪十八涧绿得闲……不能一一去说。漫步苏堤，两边都是湖水，远水如烟，近水着了微雨，泛起一层银灰的颜色。走着走着，忽见路旁的树十分古怪，一棵棵树身虽然离得较远，却给人一种莽莽苍苍的感觉，似乎是从树梢一直绿到了地下。走近看时，原来是树身上布满了绿茸茸的青苔，那样鲜嫩，那样可爱，使得绿茵茵的苏堤，更加绿了几分。有的青苔，形状也很有趣，如耕牛，如牧人，如树木，如云霞，有的整片看来，布局宛若一幅青绿山水。这种绿苔，给我的印象是坚忍不拔，不知当初苏公对它们印象怎样。

在花港观鱼，看到了又一种绿。那是满地的新荷，圆圆的绿叶，或亭亭立于水上，或婉转靠在水面，只觉得一种蓬勃的生机，跳跃满池。绿色，本来是生命的颜色，我最爱看初春的杨柳嫩枝，那样鲜，那样亮，柳枝儿一摆，似乎蹬着脚告诉你，春天来了。荷叶则要持重一些，到初夏则更显成熟，但那透过活泼的绿色表现出来的茁壮的生命力，是一样的。再加上叶面上的水珠儿滴溜溜滚着，简直好像满池荷叶都要裙袂飞扬，翩然起舞了。

从花港乘船而回，雨已停了。远山青中带紫，如同凝住了一段云霞。波平如镜，船儿在水面上滑行，只有桨声欸乃，愈增加了一湖幽静。一会儿摇船的姑娘歇了桨，喝了杯茶，靠在船舷，只见她向水中一摸，顺手便带上一条欢蹦乱跳的大鲤鱼。她自己只微笑着一声不出，把鱼甩在船板上。同船的朋友看得入迷，连连说：这怎么可能！上岸时，又回头看那在浓重暮色中变得无边无际的白茫茫的湖水，惊叹道："真是个神奇的湖！"

我也领略到西湖生动活泼的另一面。星期天，游人泛舟湖上，真是满湖的笑，满湖的歌！西湖的度量，原也是容得了活泼热闹的。两三人寻幽访韵固然好，许多人畅谈畅游也极佳。见公共汽车往来运载游人，忽又想起东坡在密州出猎时写的一首《江城子》："老夫聊发少年狂，左牵黄，右擎苍，锦帽貂裘，千骑卷平冈。"想来他在杭州，当有更盛的情景吧？那时是"倾城随太守"，这时是每个人在公余之暇，来休息身心，享山水之乐。这热闹，不更千百倍地有意思么？

希腊画家亚柏尔曾把自己的画放在街上，自己躲在画后，听取意见。有一个鞋匠说人物的鞋子画得不对，他马上改了。

这鞋匠又批评别的部分,他忍不住从画后跑出来说,你还是只谈鞋子好了。因为对西湖的印象究竟只是浮光掠影,这篇小文,很可能是鞋匠的议论,然而心到神知,想西湖不会怪我唐突吧?

三峡散记

我所见的三峡,从中峡巫峡始。

船从汉口开。那一天天色灰蒙蒙的,水色也灰蒙蒙的。在一片灰蒙蒙之间,长江大桥平静稳重地跨在龟蛇二山上,古色古香的黄鹤楼和现代化的二十层的晴川饭店遥相对峙。水面上忽然闪出一道亮光,摇着、跳着,往船头方向漾开去,一直到大桥那一边。原来云层里透出小半个灰白的太阳来。

船开了,追着水面跳荡的远去的阳光开行了。

大桥看不见了。两岸房屋越来越少,江面越来越宽,有一道绿边围着。极目前方,出口很窄,水天相接,长江从窄窄的天上流过来。等船驶近,原来也是十分宽阔。窄窄的水天相接的出口又移到远处了,于是又向前去穿过那窄的出口。

船行的次日中午过沙市,约停四五小时又起锚。直到黄昏,还是原野平阔,江流浩荡,暮色中更显得浑重。我想不出三峡是怎样开始的,便去问过来人。据说山势逐渐高起,过了宜昌才见分晓。日程表上写明第三日七时左右到下峡西陵峡,尽可放心休息。

半夜两点多钟,一阵喧闹的人声、哨声和拖铁链的声音把我惊醒。从窗中看出去,只见一堵铁壁挡在眼前,几乎伸手便可摸到。"到葛洲坝了!"我猛省,连忙起身出房。只见甲板上灯火辉煌,我们的船在船闸里。上下四层的船不及闸墙三分之一高,抬头觉得闸顶很远,那一块黑漆漆的天空更远。人们从船头走到船尾,又从船尾走到船头,互相招呼:"要放水了!""要开闸了!"据说闸门每扇有两个篮球场大。等到船闸停满了船只,便开始放水。眼看着我们的船向上浮升,一会儿工夫,已不用仰望闸顶,只消平视了。紧接着闸门缓缓打开,"扬子江"号破浪前行,黑夜间,觉得风声水声灌满两耳。站在船尾看时,璀璨的葛洲坝灯火渐渐远去,终于消失在黑暗里。我心中充满了对人——我的同类的无限敬仰之情。只因有了人,万物之灵长的人,万物本身,包括这日夜奔腾不息的长江,才有各自的意义。

我自己却是愚蠢之物,过分相信日程表,以为离七点钟尚早,便又回房。等我再出来时,两岸有丘陵起伏,满心以为要到三峡了,不想伙伴们说:"西陵峡已经过了!屈原和昭君故里都过了!"

我好懊恼。"百里西陵一梦中。"我说。

可是没有时间懊恼或推敲诗句。船左舷很快出现一座山城，古旧的房屋依山势而建，层层叠叠，背倚高山，下临江水，颇觉神秘。这是寇莱公初登仕途，做县令的地方。大江东流，沿岸哺育了多少俊杰人物，有名的和无名的，使人在山水草木城郭之间总有许多联想。不只是地理的，而且是历史的，这是中国风景的特色。

天还是灰蒙蒙的，雨点儿在空中乱飞，据说这是标准的巫峡天气。我们在云雾弥漫中向前行驶，忽然面前出现两座奇峰，布满树木，呈墨绿色。江水从两山间流来，两山后还有山，颜色淡得多，披云着雾。江水在这山前弯过去了，真不知里面有多深多远！这就是巫峡东口了，只觉得一派仙气笼罩着山和水。人们都很兴奋，山水却显得无比的沉静，像一幅无言的画，等待人走进去。

船进入巫峡，江流顿时窄了许多。两岸峭壁如同刀削，插在水里。混浊泥黄的江水形成一个个小旋涡，从船两边退去，分不清究竟向哪个方向流。面前秀丽的山峰截断了江流，到山前才知道可以绕过去。绕过去又是劈开的两座结构奇特的山峰，峰后云遮雾掩，一座座峰颜色越来越淡，像是墨在纸上渗了开来。大家惊异慨叹，不顾风雨，倚在栏边，眼睛都不敢眨一眨。我望着从船旁退去的葱葱郁郁的高山，真想伸手摸一摸。这山似乎并不比船闸远多少。

　　据说神女峰常为云雾遮蔽，轻易不肯露面，人们从上船起便关心是否有缘得见。抬头仰望，只觉得巉岩绝壁压顶而来，令人赞叹之间不免惶悚。一个个各种名目的峡过去了，奇极了，也美极了。冷风挟着雨滴和山水一起迎接我们的船。"快看，快看！"大家互相指着叫着。"看到了！看到了！"看到的舒一口气，没看到的懊丧地继续伸长脖子。

　　我看到了。我早就知道神女会见我的。那山峰本来就峻峭秀奇，在云雾中似乎有飞腾之势。就在峰顶侧，站着一个窈窕女子，衣袂飘飘，凝视远望。怎能相信她是块石头！再一想，她本是块石头，多亏了人，才化为仙女，得万人瞻仰；才有她的事迹，得千古流传。薄薄的淡灰色的云纱缠绕着仙女和峰顶，云和山一起移动，人们回头看，再回头看，看不见了。

　　快到巫山时，一只货船自上游疾驶而下，船上人大声喊着，听起来像歌一样萦绕在峡谷中。临近时才听清他喊的是"道谢了！道谢了！"原来是大船为免小船颠簸，放慢了速度。

　　"道谢了！道谢了！"喊声随着船远去了。忽然想起《水经注》上对巫峡的总结："巴东三峡巫峡长，猿鸣三声泪沾裳。"现在没有猿啼了，却有人的喊声在峡谷中撞击，充满了和自然搏斗的欢乐。

过了巫山县，驶过黛溪宽谷，便是上峡瞿塘峡。上峡只有八公里，仍是高山重障断岸千尺，很是雄浑壮伟，只不如中峡灵秀。出夔门时，据说滟滪堆就在脚下，还有传说为八阵图的礁石也炸掉了。人，当然是要胜过石头的。

五月四日上午到重庆。距一九四六年过此地，已是三十九年了。当时全家六人，如今只余其半。得诗一首志此："四十年前忆旧游，曾怀夙约在渝州。雾浓山转疑无路，月冷波回知有秋。似纸人情薄不卷，如云往事散难收。恸哭几度服缟素，销尽心香看白头。"

这里不仅是物是人非，物也大大变迁了。夜晚在码头候船，江中也有万家灯火，大小船只密密麻麻，好一派热闹气象。这晚皓月当空，距上次见此山城月，已近五百回圆了。

五日从重庆返回，顺江而下。次日上午到奉节停泊，由一小汽船带一条座船，载我们到上峡中风箱峡看纤道。小船行驶在长江里，两岸的山显得格外高，直插入云，水中旋涡急转，深不可测。船行近一座峭壁，只见山侧有一道凹进去的沟，那就是从前的纤道了。《水经注》载，过三峡下水五日，上水百日，可见其难。五十年代初上水还需半个月，也是人力为主。登石阶数百，我们站在纤道上，头顶山崖几乎不能直立。想当初拉纤人便是这样弯着身子逆水拖船的。此时我们没有了船的支撑，山势更显雄伟，脚下急流滚滚，真觉得个人不过沧海一粟。从峡口望进去，可以看到六层山色，最近的是黄，然后是深绿、绿、蓝灰、灰和在江尽处天下边的灰白，灰白后似乎还有什么，每个人可以自己在想象里补充。

我忽然想跳进江去，当然没有实行。其实真有机会一亲长江流水时，是绝不肯的。

回去时，小船正驶在江心，上游飞快地下来了一只货船。船上人高声喊着，还是唱歌一样。忽然一声巨响，小船猛地歪了一下，许多人跌倒了，有的人头上碰出血来。两边船上都惊呼，又有人喊话，寂静的江心一时好不热闹。原来那货船把小汽船和我们的座船之间的缆绳撞断了。那货船仍在喊话，顺着急流转眼就不见了，下水船是停不住的。我们的座船在江心滴溜溜乱转，我正奇怪它到底要往哪边行驶，忽然发现它不能开，只能随旋转的水而旋转，不免心向下一沉。幸亏小汽船及时抛过缆绳，很快调整好了，平安驶回"扬子江"号。回船后大家都有些后怕，座船上没有任何工具，若冲下去，只有撞在礁石上粉身碎骨了。想来江流吞没的英雄好汉，不在少数。

而吞没的尽管吞没了，几千万年如水流去。人渐渐了解了江河，然而究竟又了解多少呢？

船在奉节停泊了一夜，七日晨又进了三峡。水急船速，中午时分已到了下峡。我因上水时错过了，便一直守在船栏边。一般的说法是上峡雄，中峡秀，下峡险。近年来下峡的巨石险滩多已除去，并无特别险阻之处了。眼前是叠峦秀峰，可以引出各种想象。不可仰视的断岸绝壁上有着斑斓的花纹，有的如波浪，有的如山峦，有的如大幅抽象派的画。繁复的线条和颜色，气势逼人，不可名状。这可以说是西陵峡的特色吧，但是我想不出一个准确的字来概括。大幅绝壁上面是葱葱郁郁的山巅，据说山巅上平野肥沃，别有天地。山水奇妙，真不可思议。

船过秭归、香溪，是屈原、昭君故里。滚滚长江，每一段都有中华民族可歌可泣的历史遗迹，以"扬子江"号的速度，怀古都来不及。而我们的绝才绝色都出于此，也是天地灵秀之所钟了。香溪水斜插入江，颜色与江水截然不同。一青一黄，分明得很。世事滔滔，总有人是在"独醒"的。其实，对于"世事洞明皆学问，人情练达即文章"这两句话，我倒是很佩服。

船驶出西陵峡口，顿觉天地一宽。见峡口两峰并不很高大，这是因葛洲坝使水位提高了。峡口山上有亭台，众人如蚁行其上，显然是一公园。远见大堤拦截，各种横杆竖线，我们又回到了红尘。

峡口两山老实地站在江中，船仍随水东流。我和我的记忆，也随船漂远了。

鸣沙山记

西行归来很久了,有些印象已经淡漠;也有些印象经过时间的酿造,轮廓反更分明,意思也更浓郁。这从记忆里时常浮现的画面之一,是鸣沙山。

鸣沙山在敦煌市城南,我们下榻在城东。城东果木成荫,绿色满眼,和华北的夏日无异。可是驱车不到半小时,下得车来,我忽然发现自己落入了沙的世界。眼前是一座沙山,脚下是厚厚的积沙,沙粒很细,踩上去如同在海滩行走。也许亿万年前,这里曾是海底吧。

眼前的沙山就是鸣沙山了。当时是晚上八时许,正值黄昏,那天天色似不很晴朗,在灰暗的天空下,巨大的沙山默默地站着,显得孤寂而遥远。山光光的,除了数不尽的细沙,什么也没有。因为有山,甚至也没有沙漠的瀚海无垠的气魄。但是好像有一种什么力量,使我们都肃然。那感觉不是空间上的,而是时间上的。时间退回到遥远的遥远的过去,那时生命还没有发生。没有动物的踪迹,也没有植物的覆被,有的只是永恒的静谧,和对未来的期待。

我们在沙漠上走,把鞋子拿在手中。风从耳边吹过。我看见风也向沙山上吹着,在半山腰把沙粒向上扬起,似乎是帮助沙山长得更高。我恍然,风若总是从这个方向这样吹,自不会湮没山脚下的泉水。

鸣沙山脚下有一个月牙泉,是与山齐名的。我们走了一段路再向右转,便看见四面黄沙之中那一弯明亮的水。水面据说较前小多了,也浅多了,但还清澈。水边有几株芦苇,大有江南水乡的意味。对岸有几处断墙残壁,那是以前庙宇的遗迹;还有一株枯树,巍然处于瓦砾之中。这一切,很像一幅纸色已经发黄,笔墨也已模糊的古画。这时有一个并没有骑驴的壮年人,安详地走进这幅画面,一点不理会这边的笑嚷,只顾穿过废墟,一直向远处走去。

"他一个人,往哪儿去?"我不禁问,望着远处的山,山那边当然还有山。

没有人能回答,我也不能去问个究竟。于是这孤寂的投向洪荒的身影,便和碧水黄沙一起,在记忆中留了下来。

这时天色更暗,鸣沙山显得更高了,仿佛离天空很近。风扬起细沙,在山腰形成一团团烟雾,又飘飘扬扬地散了。我转身向山脚走去,把伙伴们留在泉边。我真想爬上沙山,再从山上滑下来,据说就可以听到沙粒相撞的声音,但我还是适可而止了。我孤零零地站在山脚下,举目尽是灰色的沙,心中充满莫名其妙的喜悦。那感觉好像是在白茫茫的雪原上,正想扑进雪里抚摸雪的清凉;又如同在浩漫漫的大海边,正想站在起伏的海浪上随着波涛远去。我几乎跪下来拥抱大地!拥抱这孕育着生命,哺育着人类的整个的大地!大地的景色多么丰富,多么幻妙,多么奇,又多么美!这里有塞北的荒凉和江南的妩媚,有山的静止和水的流动,两种情调极不相同的美互相对照、互相辉映、互相联结,成为一体。我想长啸,听一听沙山和清泉的回响,我想大喊,呼叫那投向洪荒的寂寞的人。

"我们在这里!"我喊着。当然,连在月牙泉边的伙伴也听不见,更何况那远去的人。

我们确实在这里。我们在这里生活、战斗、成长。戈壁滩上有一座锁阳城遗址,据说现在夜晚仍有厮杀呐喊之声。记录着人类文明发展的敦煌文化,现在仍在呼吸,仍在散发着光辉。我看见那妙相庄严的菩萨,才忽然懂得"容光照人"这四个字。我看着著名的三兔藻井,真觉得画中的云在旋转、流动,就像眼前灰暗的天空上,大片的、缓缓流动着的、活着的云一样。

我们在这里，我们还要在这里长久地、更好地生活下去。

归途上大家踩着坎坷不平的阡陌，不觉议论道，千万不该在这样的山川中开这几亩不打粮食的田地，还抽用月牙泉水来浇田！做了多年的不肖子孙，现在总该明白一点了吧。

我不时回头，看那孤身远去的人是否赶了上来。沙山在渐浓的夜色中更显得巨大、沉重，沙粒仍然在山腰飘扬旋转，落到沙山上去。

"我们在这里。"我默默地说。

恐再无来鸣沙山的机缘了。我愿听到它的消息，使这一片景色在我的记忆中，苍茫的更苍茫，妩媚的更妩媚——

第四辑

生命是一个说故事的人

在这条漫长而又短促的道路上,那淡蓝和纯白的花朵「勿忘我」和「勿念我」,是必不可少的。因为人世间,有许多事应该永远记得,又有许多事是早该忘却了。

萤火

点点银白的、灵动的光,在草丛中飘浮。草丛中有各色的野花:黄的野菊、浅紫的二月兰、淡蓝的"勿忘我"。还有一种高茎的白花,每一朵都由许多极小的花朵组成,简直看不清花瓣。它的名字恰和"勿忘我"相反,据说是叫作"不要记得我",或可译作"勿念我"罢。在迷茫的夜中,一切彩色都失去了,有的只是黑黝黝一片。亮光飘忽地穿来穿去,一个亮点儿熄灭了,又有一个飞了过去。

若在淡淡的月光下,草丛中就会闪出一道明净的溪水,潺潺地、不慌不忙地流着。溪上有两块石板搭成的极古拙的小桥,小桥流水不远处的人家,便是我儿时的居处了。记得萤火虫很少飞近我们的家,只在溪上草间,把亮点儿投向反射着微光的水,水中便也闪动着小小的亮点儿,牵动着两岸草莽的倒影。现在看到动画片中要开始幻景时闪动的光芒,总会想起那条溪水,那片草丛,那散发着夏夜的芳香,飞翔着萤火虫的一小块地方。

幼小的我,经常在那一带玩耍。小桥那边,有一个土坡,也算是山罢。小路上了山,不见了。晚间站在溪畔,总觉得山那边是极遥远的地方,隐约在树丛中的女生宿舍楼,也是虚无缥缈的。那时白天常和游伴跑过去玩,大学生们有时拉住我们的手,说:"你这黑眼睛的女孩子!你的眼睛好黑啊!"

大概是两三岁时,一天母亲进城去了,天黑了许久,还不回来。我不耐烦,哭个不停。老嬷嬷抱我在桥头站着,指给我看那桥边的小道。"回来啦,回来啦——"她唱着。其实这全不是母亲回来的路。夜未深,天色却黑得浓重,好像蒙着布,让人透不过气。小桥下忽然飞出一盏小灯,把黑夜挑开一道缝。接着又飞出一盏。花草亮了,溪水闪了。黑夜活跃起来,多好玩啊!我大声叫了:"灯!飞的灯!"回头看家里,已经到处亮着灯了,而且一片声在叫我。我挣下地来,向灯火通明的家跑去,却又屡次回头,看那使黑夜发光的飞灯。

照说幼儿时期的事,我不该记得。也许我记得的,其实是后来母亲的叙述,或自己更人事后的心境罢。但那一晚我在桥头的景象,总是反复地、清晰地出现在我眼前,那黑夜,那划破了黑夜的萤火,以及后来的灯光——

长大了,又回到这所房屋时,我在自己的房间里便可以看到起伏明灭的萤火了。我的窗正对着那小溪，溪水比以前窄了，草丛比以前矮了，只有萤火，那银白的，有时是浅绿色的光，还是依旧。有时抛书独坐，在黑暗中看着那些飞舞的亮点，那么活泼，那么充满了灵气，不禁想到《仲夏夜之梦》里那些会吵闹的小仙子；又不禁奇怪这发光的虫怎么未能在《聊斋志异》里占一席重要的地位。它们引起多么远、多么奇的想象。那一片萤光后面的小山那边，像是有什么仙境在等待着我。但是我最多只是走出房来，在溪边徘徊片刻，看看墨色涂染的天、树，看看闪烁的溪水和萤火。仙境么，最好是留在想象和期待中的。

日子一天天热闹起来。解放，毕业，几乎每个人都觉得自己在发光。我们是解放后第三届大学生。毕业前夕，一个星光灿烂的夜晚，和几个好友，久久地坐在这溪边山坡上，望着星光和萤光。我们看准一棵树，又看准一个萤，看它是否能飞到那棵树，来卜自己的未来。几乎每一个萤火虫都能飞到目的地，因为没有飞到的就不算数。那时，我们的表格里无一不填着"坚决服从分配，到祖国最需要的地方去！"无论分到哪里，我们都会怀着对美好未来的向往扑过去的。星空中忽然闪了一下，是一颗流星划过了天空。据说流星闪亮时，心中闪过的希望是会如愿的，但我们谁也没有再想要什么。有了祖国，不就有了一切么？我觉得重任在肩，而且相信任何重任我都担得起。难道还有比这种信心更使人兴奋、欢喜的么？虽然我知道自己很小，小得像萤火虫那样。萤火虫却是会发光的，使得黑夜也璀璨美丽，使得黑夜也充满了幻想——

奇怪的是，自从离开清华园，再也不曾见到萤火虫。可能因为再也没有住在水边了。后来从书上知道，隋炀帝在江都一带经营过"萤苑"，征集"萤火数斛"，为夜晚游山之用。这皇帝连萤火虫都不放过，都要征来服役，人民的苦难，更可想见了。但那"萤苑"风光，一定是好看的。因为那种活泼的光，每一点都呈现着生命的力量。以后无意中又得知萤火虫能捕食害虫，于农作物有益，不觉十分高兴。便想，何不在公园中布置个"萤苑"，为夏夜增光，让曾被皇帝拘来当劳工的萤火虫，有机会为人民服务呢。但在那"十年浩劫"中，连公园都几乎查封，那"萤苑"的构思，早就逃之夭夭了。

前几天，偶得机缘，和弟弟这个从小的同学往清华走了一遭。图书馆看去一次比一次小，早不是小时心目中的巍峨了。那肃穆的、勤奋的读书气氛依然，书库中的玻璃地板也还在；底层的报刊阅览室也还是许多人站着看报。弟弟说他常做一个同样的梦——到这里来借报纸。底层增加了检索图书用的计算机，弟弟兴致勃勃地和机上人员攀谈，也许他以后的梦，要改变途径了。我的萤火虫却从未在梦中出现。行向小河那边时，因为在白天，本不指望看见萤火,但以为草坡上的"勿忘我"和"勿念我"总会显出颜色。不料看见的,是一条干涸的沟,两岸干黄的土坡,春雨轻轻地飘洒,还没有一点绿意。那明净的、潺潺地、不慌不忙流着的溪水,已不知何时流往何处了。我们旧日的家添盖了房屋,现在是幼儿园了。虽是假日,还有不少孩子,一个个转动着点漆般的眼睛看着我们。"你们这些黑眼睛的孩子!好黑的眼睛啊!"我不由得想。

事物总是在变迁,中心总要转移的。现在清华主楼的堂皇远非工字厅可比了。而那近代物理实验室中的元素光谱,使人感到科学的光辉,也是萤火虫们望尘莫及的。我们骑着车,淋着雨,高兴地到处留下校友的签名。从六十年代到七十年代排过来的长桌前,那如同戴着雪帽般的白头发,那敦实可靠的中年的肩膀,那发亮的、润泽的皮肤和眼睛,俨然画出了人生的旅程。我认为,在这条漫长而又短促的道路上,那淡蓝和纯白的花朵,"勿忘我"和"勿念我",是必不可少的。因为人世间,有许多事应该永远记得,又有许多事是早该忘却了。

但总要尽力地发光,尤其是在困境中。草丛中飘浮的、灵动的、活泼的萤火,常在我心头闪亮。

猫冢

十月份到南方转了一圈,成功地逃避了气管炎和哮喘——那在去年是发作得极剧烈的。月初回到家里,满眼已是初冬的景色。小径上的落叶厚厚一层,树上倒是光秃秃的了。风庐屋舍依旧,房中父母遗像依旧,我觉得一切似乎平安,和我们离开时差不多。

见过了家人以后,觉得还少了什么。少的是家中另外两个成员——两只猫。"媚儿和小花呢?"我和仲同时发问。

回答说,它们出去玩了,吃饭时会回来。午饭之后是晚饭,猫儿还不露面。晚饭后全家在电视机前小坐,照例是少不了两只猫。媚儿常坐在沙发扶手上,小花则常蹲在地上,若有所思地望着我,我总是和它说话,问它要什么,一天过得好不好。它以打哈欠来回答。有时就试图坐到膝上来,有时则看看门外,那就得给它开门。

第四辑　生命是一个说故事的人

可这一天它们不出现。

"小花，小花，快回家！"我开了门灯，站在院中大声召唤。因为有个院子，屋里屋外，猫们来去自由，平常晚上我也常常这样叫它，叫过几分钟后，一个白白圆圆的影子便会从黑暗里浮出来，有时快步跳上台阶，有时走两步停一停，似乎是闹着玩。有时我大开着门它却不进来，忽然跳着抓小飞虫去了，那我就不等它，自己关门。一会儿再去看时，它坐在台阶上，一脸期待的表情，等着开门。

小花被家人认为是我的猫。叫它回家是我的差事，别人叫，它是不理的，仲因为给它洗澡，和它隔阂最深。一次仲叫它回家，越叫它越往外走，走到院子的栅栏门了，忽然回头见我出来站在屋门前，它立刻转身飞箭似的跑到我身旁。没有衡量，没有考虑，只有天大的信任。

对这样的信任我有些歉然，因为有时我也不得不哄骗它，骗它在家等着，等到的是洗澡。可它似乎认定了什么，永不变心，总是坐在我的脚边，或睡在我的椅子上。再叫它，还是高兴地回家。

可是现在，无论怎么叫，只有风从树枝间吹过，好不凄冷。

七十年代初，一只雪白的、蓝眼睛的狮子猫来到我家，我们叫它狮子，它活了五岁，在人来讲，约三十岁，正在壮年。它是被人用鸟枪打死的。当时它刚生过一窝小猫，好的送人了，只剩一只长毛三色猫，我们便留下了它，叫它花花。花花五岁时生了媚儿，因为好看，没有舍得送人。后来又有一只小猫没有送出。花花活了十岁左右，也是深秋时分，它病了，不肯在家，曾回来有气无力地叫了几声，用它那妩媚温顺的眼光看着人，那是它的告别了。后来它忽然就不见了。猫不肯死在自己家里，怕给人添麻烦。

孤儿小猫就是小花，它是一只非常敏感、有些神经质的猫，非常注意人的脸色，非常怕生人。它基本上是白猫，头顶、脊背各有一块乌亮的黑，还有尾巴是黑的。尾巴常蓬松地竖起，如一面旗帜，招展得很有表情。它的眼睛略呈绿色，目光中常有一种若有所思的神情。我常常抚摸它，对它说话，觉得它不知什么时候就会回答。若是它忽然开口讲话，我一点不会奇怪。

小花有些狡猾，心眼儿多，还会使坏。一次我不在家，它要仲给它开门，仲不理它，只管自己坐着看书。它忽然纵身跳到仲膝上，极为利落地撒了一泡尿，仲连忙站起时，它已方便完毕，躲到一个角落去了。"连猫都斗不过！"成了一个话柄。

小花也是很勇敢的，有时和邻家的猫小白或小胖打架，背上的毛竖起，发出和小身躯全不相称的吼声。"小花又在保家卫国了。"我们说。它不准邻家的猫践踏草地。猫们的界限是很分明的,邻家的猫儿也不欢迎客人。但是小花和媚儿极为友好地相处,从未有过纠纷。

媚儿比小花大四岁,今年已快九岁,有些老态龙钟了,它浑身雪白,毛极细软柔密,两只耳朵和尾巴是一种娇嫩的黄色。小时可爱极了,所以得一"媚儿"之名。它不像小花那样敏感,看去有点儿傻乎乎。它曾两次重病,都是仲以极大的耐心带它去小动物门诊,给它打针服药,终得痊愈。两只猫洗澡时都要放声怪叫。媚儿叫时,小花东藏西躲,想逃之夭夭。小花叫时,媚儿不但不逃,反而跑过来,想助一臂之力。其憨厚如此。它们从来都用一个盘子吃饭。小花小时,媚儿常让它先吃。小花长大,就常让媚儿先吃。有时一起吃,也都注意谦让。我不免自夸几句:"不要说郑康成婢能诵毛诗,看看咱们家的猫!"

可它们不见了!两只漂亮的、各具性格的、懂事的猫,你们怎样了?

据说我们离家后几天中,小花在屋里大声叫,所有的柜子都要打开看过。给它开门,又不出去。以后就常在外面,回来的时间少。以后就不见了,带着爱睡觉的媚儿一起不见了。

"到底是哪天不见的?"我们追问。

都说不清,反正好几天没有回来了。我们心里沉沉的,找回的希望很小了。

"小花，小花，快回家！"我的召唤在冷风中，向四面八方散去。

没有回音。

猫其实不仅是供人玩赏的宠物，它对人是有帮助的。我从来没有住过新造的房子。旧房就总有鼠患。在城内迺兹府居住时，老鼠大如半岁的猫，满屋乱窜，实在令人厌恶。抱回一只小猫，就平静多了。风庐中鼠洞很多，鼠们出没自由。如有几个月无猫，它们就会偷粮食，啃书本，坏事做尽。若有猫在，不用费力去捉老鼠，只要坐着，甚至睡着喵呜几声，鼠们就会望风而逃。一次父亲和我还据此讨论了半天"天敌"两字。猫是鼠的天敌，它就有灭鼠的威风！驱逐了鼠的骚扰，面对猫的温柔娇媚，感到平静安详，赏心悦目，这多么好！猫实在是人的可爱而有利的朋友。

小花和媚儿的毛都很长，很光亮。看惯了，偶然见到紧毛猫，总觉得它没穿衣服。但长毛也有麻烦处，它们好像一年四季都在掉毛，又不肯在指定的地点活动，以致家里到处是猫毛。有朋友来，小坐片刻，走时一身都是猫毛，主人不免尴尬。

一周过去了，没有踪影。也许有人看上了它们那身毛皮——亲爱的小花和媚儿，你们究竟遇到了什么！

我们曾将狮子葬在院门内枫树下，大概早融在春来绿如翠、秋至红如丹的树叶中了。狮子的儿孙们也一代又一代地去了,它们虽没有葬在冢内,也各自到了生命的尽头。"前不见古人,后不见来者",生命只有这么有限的一段,多么短促。我亲眼看见猫儿三代的逝去,是否在冥冥中,也有什么力量在看着我们一代又一代在消逝呢?

三幅画

戊辰龙年前夕,往荣宝斋去取裱的字画。在手提包里翻了一遍,不见取物字据。其实原字据已莫名其妙地不知去向,代替的是张挂失条,而现在连这挂失条也不见了。

业务员见我懊恼的样子,说,拿走罢,找着了寄回来就行了。

我们高兴地捧了字画回家。一共五幅,两幅字三幅画,一幅幅打开看时,甚生感慨。现只说这三幅画。

三幅画均出自汪曾祺的手笔。

老实说,在一九八六年以前,我从不知汪曾祺擅长丹青,可见是何等的孤陋寡闻。原只知他不只写戏还能演戏,不只写小说散文还善旧诗,是个多面手。四十年代初,西南联大同学排演《家》。因为兄长钟辽扮演觉新,我去看过戏。有两个场面印象最深,一是高老太爷过世后,高家长辈要瑞珏出城生产,觉新在站了一排的长辈面前的惶恐样儿。哥哥穿一件烟色长衫,据说很潇洒。我只为觉新伤心,以后常常想起那伤心。一是鸣凤鬼魂下场后,老更夫在昏暗的舞台中间,敲响了锣,锣声和报着更次的喑哑声音回荡在剧场里。现在眼前还有老更夫的模样,耳边还有那声音,涩涩的,很苦。

老更夫是汪曾祺扮演的。

时光一晃过了四十年。八十年代初,《钟山》编辑部举办太湖笔会,从苏州乘船到无锡去。万顷碧波,洗去了尘俗烦恼,大家都有些忘乎所以。我坐在船头,乘风破浪,十分得意,不断为眼前景色欢呼。汪兄忽然递过半张撕破的香烟纸,上写着一首诗:"壮游谁似冯宗璞,打伞遮阳过太湖。却看碧波千万顷,北归流入枕边书。"我曾要回赠一首,且有在船诸文友相助,乱了一番,终未得出究竟。而汪兄这首游戏之作,隔了五年,仍清晰地留在我记忆中。

一九八六年春,偶往杨周翰先生家,见壁悬画图,上栖一只松鼠,灵动不俗。得知乃汪兄大作时,不胜惊异。又有一幅极清秀的字,署名上官碧,又不知这是沈从文先生笔名。杨先生则为我的无知而惊异,笑说,你怎么什么都不知道。

实在是的,我常处于懵懂状态,这似乎是一种习惯。不过一经明白,便有行动,虽然还是拖了许久。初夏时,我修书往蒲黄榆索画，以为一年半载后可得一张。

不想一周内便来了一幅斗方。两只小鸡，毛茸茸的，歪着头看一串紫红色的果子，很可爱。果子似乎很酸，所以小鸡在琢磨吧。

这画我喜欢，但不满意，怀疑汪兄存有哄小孩心理，立即表态：不行不行，还要还要！

第二幅画也很快来了。这是一幅真正的赠给同行的画，红花怒放，下衬墨叶，紧靠叶下有字云："人间存一角，聊放侧枝花。临风亦自得，不共赤城霞。"画中花叶与诗都在一侧，留有大片空白，空白上有烟灰留下的一个小洞。曾嘱裱工保留此洞，答称没有这样的技术。整个画面在临风自得的恬淡中，却有一种活泼的热烈气氛。父亲看不见画，听我念诗后，大为赞赏，说用王国维的标准来说，这诗便是不隔。何谓不隔？物与我浑然一体也。

我这时已满意，天下太平，不再生事。不料秋末冬初时，汪兄忽又寄来第三幅画。这是一幅水仙花，长长的挺秀的叶子，顶上几瓣素白的花，叶用蓝而不用绿，花就纸色不另涂白。只觉一股清灵之气，自纸上透出。一行小字：为纪念陈澂莱而作，寄与宗璞。

把玩之际，不觉歔欷。谢谢你，汪曾祺！

澂莱乃我挚友，和汪兄也相识。五十年代最后一年，澂莱与我一同下放在涿鹿县。当时汪兄在张家口一带，境况比我们苦得多了。一次开什么会，大家穿着臃肿的大棉袄在塞上相见。我仍是懵懵懂懂，见了不认识的人当认识，见了认识的人当不认识。澂莱常纠正我，指点我这人那人都是谁；看我见了汪兄发愣，苦笑道，汪曾祺你也不认识！

澂莱于一九七一年元月在寒冷的井中直落九泉之下，迄今不明缘由。我曾为她写了一篇《水仙辞》的小文。现在谁也不记得她了，连我都记不准那恐怖的日子。汪兄却记得水仙花的譬喻，为她画一幅画，而且说来年水仙花发，还要写一幅。

从前常有性情中人的说法，现在久不见这词了。我常说的"没有真性情，写不出好文章"的大白话，也久不说了。性情中人不一定写文章，而写出好文章的，必有真性情。

汪曾祺的戏与诗，文与画，都隐着一段真性情。

三幅画放到一九八七年才送去裱，到一九八八年春节才取回。在家里再翻手提包，那挂失条竟赫然在焉。我只能笑自己的糊涂。

散失的墨迹

最近收到老友资中筠、陈乐民来信,告诉我,在沈建中著《施蛰存游踪》中有一段关于我父亲的材料。上世纪四十年代在昆明,施先生常和父亲在翠湖边散步。父亲赠他两幅字,一幅写的是:"断送一生唯有酒,寻思百计不如闲;莫忧世事兼身事,须著人间比梦间。"另一幅是:"鸭绿桑乾尽汉天,传烽自合过祁连,功名在子何殊我,唯恨无人着先鞭。"两幅字都有上款,有印章。

施蛰存是一位中西融会、古今贯通的学者,创作学问都达高致,只是命运不济,一直被视为文坛另类。有时和中筠、乐民谈起,都为世事诡诙而慨叹。

来信是乐民执笔,他患病已十余年,在学术道路上始终没有停步,对冯学很关心,著有论文,为哲学界人士所称道。他们每发现有关材料,必告诉我。这次的信仍用毛笔书写,蝇头小楷,大有卫夫人簪花品格。我早已老眼昏花，偶然写字都是盲书，手持信纸只有佩服。

"断送一生唯有酒"，这首诗我估计不是父亲自作。后来我的"老战友"杨柳借助百度，立刻弄清这是韩愈的《游城南十六首·遣兴》。（顺便说一句，我父亲的祭母文中"维人杰之挺生，皆造化之钟灵"，我一直怀疑"挺生"应为"诞生"，是排印错误，经杨柳查辨，证明排印无误。）"鸭绿桑乾尽汉天"一首，我原以为是父亲自作，后来读到刘宜庆先生的文章，知道这是陆游的诗。乐民信中说这是一幅立轴，且有影印。前几年，从立雕得知，嘉德公司要举行一次字画拍卖专场，并寄来一本材料，上面印有要拍卖的字画，其中有父亲的一副对联，写的是"功名在子何殊我，唯恨无人着先鞭"这两句，笔迹饱蕴秀气。这是父亲书法的特点。拍卖品中也有闻一多先生的一幅字。立雕乃到现场观察，冯字经几次较量，以两万元被一个中年人买去。此对联无上款，可能是故意去掉了。

又有一天，时间较嘉德拍卖还要早，北大程道德先生送来一本自编的《二十世纪中国文化名人墨迹》。程君是书法爱好者，收集了许多书法，影印成册，其中有父亲的一幅，写的是"灵龟飞蛇感逝川，豪雄犹自意惘然。但能一滴归沧海，烈士不知有暮年。读曹操《灵龟寿》"。这是父亲在一九七四年写的一首诗，有小序云:"曹操《灵龟寿》辞意慷慨,然犹有凄凉之感。今反其意而用之。""龟虽寿"书法写为"灵龟寿",显系误记。此幅字上款是"紫光同志属书"。父亲与金紫光并不相识,经人代求而写此字。现在这幅字流落市间,程先生以三千元的价格购得,编入此册。据说还有一位书法爱好者,到各市场去"捡漏",以九百元买得冯先生一幅字,雀跃不已。

我自己曾做一件傻事。有人从上海写信给我,说一书画店有冯先生一个中堂,是二十年代写给孔德成的。我托人去看,说写得不错;店中人并说,此件从海外传进来,得到很不容易。乃以七千元买回。亲眼见时,觉得不像,尤其是神气不像,家人也都认为是伪造。弄虚作假真是无孔不入。

父亲曾为王伯祥先生写了一个条幅,写的是李翱诗"练得身形似鹤形,千株松下两函经。我来问道无余说,云在青天水在瓶"。四十年代父亲常写李翱的两首诗,这是其中之一。王伯祥之子王湜华曾将此字拿到我家,让我欣赏。我非常喜欢这幅字,那诗的空灵和字的隽秀浑然一体,沁人心脾。我将此字送到荣宝斋复制,悬于壁间,每日相对。侄儿冯岱自美归来,见到此字也非常喜欢,便让他带走了。想再复制一幅,找王湜华找了好几年,好容易托人找到了,可是他却不知道字在哪里。可能家里字画太多,又不知要找多久,真是添麻烦了。

第四辑　生命是一个说故事的人

最近又有人告诉我,在河南电视台"鉴宝"节目中,有父亲的一幅字,估价三十万元,不知道是什么字,也不知道后来流落何方。我并不打听。该知道的事要全知道是不可能的,先就得累死。

父亲曾说有一位先生评一个人的书法,说其俗在骨,不可救药。我觉得父亲的字是其秀在骨,是天生的,练不出来的。他从来也没有练过字,都是随意写来。其俗在骨不能医,其秀在骨不可学。

我们从小的生活有一个内容:为父亲研墨、拉纸。研墨常是我和弟弟的事,两人轮换着磨,眼看砚池里的清水变成墨汁,总觉得成绩很大。拉纸则大多是我的事。父亲写字时,要有人站在桌对面,慢慢把纸拉过去,他好往下写。纸有时要熨,那是母亲的事。家里始终没有预备毛毡一类的铺垫,可见不是书法家。最初我拉纸时,父亲是站着写字,写得很直,间隔匀称,自己看看,说行气很好。老来写字,一行字总要向右歪。我提醒说歪了,歪了。他答应着,却总是正不过来。给我写的一副对联"高山流水诗千首,明月清风酒一船",下联便是斜的,我称之为斜联。约在八十五岁后,他改为坐着写,手抖,字的笔画有时不准确,但仍写了不少幅。这几天在书橱中翻出父亲的一幅旧作,写的是"一别贞江六十春,问江可认后来人。智山慧海传真火,愿随前薪做后薪"。最后写着"时年八十有九"。一九八二年我陪侍父亲到他的母校哥伦比亚大学接受名誉博士学位,他写了这首诗,并将此诗写了一个条幅,赠给美国汉学家狄百瑞教授。当时西南联大校友毛春帆也想要字,父亲说回去再写。两年后他践约,写了这幅字,可是不知往哪里送了。这幅字一点没有歪,笔锋虽有不匀,整体看来仍觉遒劲有力。这是精神的力量。

人民出版社哲学编辑李之美在网上看到父亲的字,说真好看,建议将所有的字搜集在一起影印成册,出一本冯友兰书法。我一直无暇顾及此事。这当然是应该做的,应该做的事真多,怎么办呢?

风庐茶事

茶在中国文化中占特殊地位，形成茶文化。不仅饮食，且及风俗，可以写出几车书来。但茶在风庐，并不走红，不为所化者大有人在。

老父一生与书为伴，照说书桌上该摆一个茶杯。可能因读书、著书太专心，不及其他，以前常常一天滴水不进，有朋友指出"喝的液体太少"。他对于茶始终也没有品出什么味儿来。茶杯里无论是碧螺春还是三级茶叶末，一律说好，使我这照管供应的人颇为扫兴。这几年遵照各方意见，上午工作时喝一点淡茶。一小瓶茶叶，终久不灭，堪称节约模范。有时还要在水中夹带药物，茶也就退避三舍了。

外子仲擅长坐功，若无杂事相扰，一天可坐上十二小时。照说也该以茶为伴。但他对茶不仅漠然，更且敌视，说"一喝茶鼻子就堵住"。天下哪有这样的逻辑！真把我和女儿笑岔了气，险些儿当场送命。

女儿是现代少女,喜欢什么七喜、雪碧之类的汽水,可口又可乐。除在我杯中喝几口茶外,没有认真的体验。或许以后能够欣赏,也未可知,属于"可教育的子女"。近来我有切身体会,正好用作宣传材料。

前两个月在美国大峡谷,有一天游览谷底的科罗拉多河,坐橡皮筏子,穿过大理石谷,那风光就不用说了。天很热,两边高耸入云的峭壁也遮不住太阳。船在谷中转了几个弯,大家都燥渴难当。"谁要喝点什么?"掌舵的人问,随即用绳子从水中拖上一个大兜,满装各种易拉罐,熟练地抛给大家,好不浪漫!于是都一罐又一罐地喝了起来。不料这东西越喝越渴,到中午时,大多数人都不再接受抛掷,而是起身自取纸杯,去饮放在船头的冷水了。

要是有杯茶多好!坐在滚烫的沙岸上时,我忽然想,马上又联想到《孽海花》中的女主角傅彩云做公使夫人时,参加一次游园会,各使节夫人都要布置一个点,让人参观。彩云布置了一个茶摊。游人走累了,玩倦了,可以饮一盏茶,小憩片刻。结果茶摊大受欢迎,得了冠军。摆茶摊的自然也大出风头。想不到我们的茶文化,泽及一位风流女子,由这位女子一搬弄,还可稍稍满足我们民族的自尊心。

但是茶在风庐,还是和者寡,只有我这一个"群众"。虽然孤立,却是忠实,从清晨到晚餐前都离不开茶。以前上班时,经过长途跋涉,好容易到办公室,已经像只打败了的鸡。只要有一盏浓茶,便又抖擞起来。所以我对茶常有从功利出发的感激之情。如今坐在家里,成为名副其实的"两个小人在土上"的"坐"家,早餐后也必须泡一杯茶。有时天不佑我,一上午也喝不上一口,搁在那儿也是精神支援。

至于喝什么茶,我很想讲究,却总做不到。云南有一种雪山茶,白色的,秀长的细叶,透着草香,产自半山白雪半山杜鹃花的玉龙雪山。离开昆明后,再也没有见过,成为梦中一品了。有一阵很喜欢碧螺春,毛茸茸的小叶,看着便特别,茶色碧莹莹的。喝起来有点像《小五义》中那位壮士对茶的形容:"香喷喷的,甜丝丝的,苦因因的。"这几年不知何故,芳踪隐匿,无处寻觅。别的茶像珠兰茉莉大方六安之类,要记住什么味道归在谁名下也颇费心思。有时想优待自己,特备一小罐,装点龙井什么的。因为瓶瓶罐罐太多,常常弄混,便只好摸着什么是什么。一次为一位素来敬爱的友人特找出东洋学子赠送的"清茶",以为经过茶道台面的,必为佳品。谁知其味甚淡,很不合我们的口味。生活中各种阴错阳差的事随处可见,茶者细枝末节,实在算不了什么。这样一想,更懒得去讲究了。

妙玉对茶曾有妙论，一杯曰品，二杯曰解渴，三杯就是饮驴了。茶有冠心苏合丸的作用，那时可能尚不明确。饮茶要谛应在那只限一杯的"品"，从咂摸滋味中蔓延出一种气氛。成为"文化"，成为"道"，都少不了气氛，少不了一种捕捉不着的东西，而那捕捉不着，又是从实际中来的。

若要捕捉那捕捉不着的东西，需要富裕的时间和悠闲的心境，这两者我都处于"第三世界"，所以也就无话可说了。

风庐乐忆

清华园乙所曾是我的家。它位于园内一片树林之中。小时候觉得林子深远茂密,绿得无边无涯,走在里面,像是穿过一个梦境。抗战时在昆明,对北平的怀念里,总有这片林子。及至胜利后,再住进乙所,却发现这林子不大,几步便到边界。也没有回忆中的丰富色彩。

复员后的一年夏天,有人在林中播放音乐,大概是所谓的音乐茶座吧,凭窗而立,音乐像是从绿色中涌出来,把乙所包围了,也把我包围了。常听到的有舒伯特的《未完成交响曲》,这是很少的我记得旋律的乐曲之一。还有贝多芬的《田园》,莫扎特的弦乐四重奏,柴可夫斯基的《悲怆》等。

每当音乐响起时,小树林似乎扩大了,绿色显得分外滋润,我又有了儿时往一个梦境深处飘去的感觉。

清华音乐室很活跃,学生里音乐爱好者很多。学余乐手颇不乏人，还出了些音乐专业人才。我是不入流的，只是个不大忠实的听众而已。因为自己有的唱片很有限，常和同学一起到美国教授温德先生家听音乐。温德先生教我们英诗和莎士比亚，又深谙古典音乐。他没有家，以文学和音乐为伴。在他那里听了许多经典名作，用的大都是七十八转唱片。每次换唱片，他都用一个圆形的软刷子把唱片轻刷一遍，同时讲解几句。他不是上课，不想灌输什么。现在大家都不记得他讲什么，却记得他最不喜欢柴可夫斯基，认为柴可夫斯基太感伤。有一次听肖邦，我坐在屋外台阶上，月光透过掩映的花木照下来。我忽然觉得肖邦很有些中国味道。后从《傅雷家书》中得知确实中国人适合弹肖邦。有很长一段时间，我最偏爱肖邦。

　　以后在风庐里住的约四十年中，听音乐的机会随客观情况的变化而忽少忽多。只是再没有固定的音乐活动了，也没有人义务为大家换唱片了。最后一次见到温德是在北大校医院楼梯口，他当时已快一百岁了，坐在轮椅上，盖着一条毯子。我忙趋前问候。他用英语说："他们不让我出去！告诉他们，我要出去，到外面去！"我找到护士说情。一位说，下雨呢，他不能出去。又一位说，就是不下雨，也不能去。我只好回来婉转解释，他看住我，眼神十分悲哀。我不忍看，慌忙告别下楼去，一路蒙蒙细雨中，我偏偏仿佛听到柴可夫斯基第六交响曲中那段最哀伤的曲

第四辑　生命是一个说故事的人

调。温德先生听见了什么，我无法问他。

这几年稳定，便成为愈来愈忠实的听者，海淀这边有音乐会时，常偕外子前往。好几次见满场中只有我两人发染银霜，也不觉得杂在后生群中有什么不妥。有一次中央乐团先演奏一个现代派的名作，休息后演奏贝多芬的《第七交响曲》，在饱受奇怪音响的磨难之后，觉得《第七交响曲》真好听！它是这样活泼而和谐，用一句旧话形容，让人全身三万六千个毛孔都通开了。又一次有一位苏联女钢琴家来演奏拉赫玛尼诺夫《第二钢琴协奏曲》，于是满怀热望到场，谁知她的演奏十分苍白无力。我却也不沮丧，总算当场听过一次了。在海淀听过几次肖斯塔科维奇，发现他是那样深刻，和我们的心灵深处很贴近很贴近。一九九一年严冬，我刚结束差不多一年的病榻生活，还曾不顾家人反对，远征到北京音乐厅听莫扎特的《安魂曲》。记得刚一看见"莫扎特"这几个字，便感到安慰。

严肃音乐不景气，音乐会少多了。要听音乐，当然还是该自己拥有设备。我毫无这方面的志向，只是书已够我对付，够我"恨"了，怎受得了再加上磁带、唱片、CD什么的。我憧憬的是家徒四壁，想看书到图书馆，想听音乐一按收音机。许多国家有专播古典音乐的电台，我希望我们在这一点能赶上，不必二十四小时，八小时也够了，可不能安排在夜里。

现代音乐理论家黎青主曾说音乐是"上界的语言",并引马丁·路德的诗句:"谁从事音乐就是有了一份上界的职业。"他自己解释说,意即音乐是灵魂的语言,是灵界的一种世界语言。音乐在诸门艺术中确是最直接诉诸灵魂的,是没有国界的。对"上界的语言"这话,我还想到两层意思:一是可以用来形容音乐的美;另一层意思我用一句话来表达,那就是,能听一点音乐的人有福了。

彩虹曲社

破不刺马嵬驿舍,
冷清清佛堂倒斜,
一代红颜为君绝,
千秋遗恨滴罗巾血。
半棵树是薄命碑碣,
一抔土是断肠墓穴。
再无人过荒凉野,
莽天涯谁吊梨花谢!
可怜那抱幽怨的孤魂,
只伴着呜咽咽的望帝悲声啼夜月。

这是《长生殿·弹词》一节中的"七转"。我们在夏威夷一所小学校教室里,听几位朋友唱,唱声清越,忽而高遏行云,忽而沉入地下；直起直落，如同铁画银钩，不要圆滑，不要坡度，勾勒得极峭极美。连那心窍不通处，都由这陡笔打通了。

"我只为家亡国破兵戈沸，因此上孤身流落在江南地。"声音悲凉凄楚，从极高处陡然跌落下来，像是负荷不了那悲痛。一时间空荡荡的教室里充满了凄冷。

窗外有四时不谢的奇花异草，远山笼罩在烟霭中，山坡上散落着各种样式的房舍。眼前的景色是美的，我却不觉为这些身处异国的朋友感到浓重的乡愁，我的眼泪涌上来了。可是唱的人并不哽咽，伴着悠扬的笛声唱完了煞尾："今日个知音喜遇知音在——这一曲霓裳播千载。"

我对昆曲是外行，根本没有听过几次，但是十分喜欢。尤其这一次唱，给我印象极深。

一九八二年夏的一个星期六下午，居住在夏威夷的语言学家李方桂和夫人徐樱，中国戏曲专家罗锦堂夫妇，还有两位女士和一位癌症研究中心的青年医生，在一起唱曲自娱，父亲和我得往聆听。据罗先生说，他们原轮流在各家唱，邻居听得这般怪声，以为出了什么事，找了警察来。后来便选定这小学校，星期六下午学校无课，没人听见。他们自带点心，唱一阵休息一下再唱。有时兴起，连晚饭也免去，直到尽兴方休。

"你道翠生生出落的裙衫儿茜，艳晶晶花簪八宝钿，可知我一生儿爱好是天然?"《弹词》唱过是《惊梦》,词句随着音乐送入心中,真觉得芳香直浸骨髓。我一面听一面诧异,他们怎么唱得这样好!五十年代曾在北京看过一次著名票友周、袁两女士的《游园惊梦》,载歌载舞,美妙极了。似乎票友总胜过专业演员,因为前者只凭着迷,"一生爱好是天然",没有任何功利打算;后者则要受到种种客观制约。能"着迷"的人是可爱的,对任何事都不着迷的人,不只乏味,还有些可怕。

这几位朋友都迷着昆曲,迷得很天真。李夫人徐樱女士是家传,唱得好,还管吹笛子。这一场除她自唱的几段外,都是她吹笛子。后来自己笑说:"都出汗了。"出了汗,还吹,还唱。罗锦堂夫人身体不好,声音却高而且亮,充满了感情。那位青年医生也唱得抑扬顿挫,字正腔圆,若是他唱一段曲子做辅助治疗,一定有好效果。

回国后听过几次昆曲,总觉得不像。各种艺术还是突出自己的特色为好,若互相靠拢,让人总觉差点什么。昆曲若无那点陡峭味儿,便无意趣。几乎以为,要听真正的昆曲,必须前往夏威夷了。当然,其实这方面的艺术家颇不乏人,且有极出色者,只是我无缘得见罢了。

前几天,偶然在电视里看到昆剧演员汪世瑜表演《拾画》,十分倾倒。一举手一投足,是那样潇洒,一发声一吐字,是那样润畅，歌和舞浑成一体，把人带到"寒花绕砌，荒草成窠"的废园中。

看来只要艺术精湛，业余和专业并不是界限。但是夏威夷那次听曲，余音绕梁，三年不去。可能因为他们的唱只是抒发胸臆，得不到掌声与喝彩，他们是唱给空荡荡的教室听的。

他们住处都离夏威夷大学不远。这一带因常有微雨，常有雾色，也常有彩虹，所以有彩虹谷之美名。那天我们出来时，便见半段彩虹，横在远山和云雾之间。他们的曲社，便名为"彩虹曲社"。

即以此文寄意所有的久居异乡的朋友，愿彩虹常现，人长健，曲常新。

药杯里的莫扎特

一间斗室,长不过五步,宽不过三步,这是一个病人的天地。这天地够宽了,若死了,只需要一个盒子。我住在这里,每天第一要事是"烤电",在一间黑屋子里,听凭医生和技师用铅块摆出阵势,引导放射线通行。是曰"摆位"。听医生们议论着铅块该往上一点或往下一点,便总觉得自己不大像个人,而像是什么物件。

精神渐好一些时,安排了第二要事:听音乐。我素好音乐,喜欢听,也喜欢唱,但总未能登堂入室。唱起来以跑调为能事,常被家人讥笑。好在这些年唱不动了,大家落得耳根清净。听起来耳朵又不高明,一支曲子,听好几遍也不一定记住,和我早年读书时的过目不忘差得远了。但我却是忠实,若哪天不听一点音乐,就似乎少了些什么。在病室里,两盘莫扎特音乐的磁带是我亲密的朋友。使我忘记种种不适,忘记孤独,甚至觉得斗室中天地很宽，生活很美好。

三小时的音乐包括三个最后的交响乐《第三十九交响曲》《第四十交响曲》《第四十一交响曲》，还有钢琴协奏曲、提琴协奏曲、单簧管协奏曲等的片段。《第四十交响曲》的开始，像一双灵巧的手，轻拭着听者心上的尘垢，然后给你和着淡淡哀愁的温柔。《第四十一交响曲》素以宏伟著称，我却在乐曲中听出一些洒脱来。他所有的音乐都在说，你会好的。

会吗？将来的事谁也难说。不过除了这疗那疗以外，我还有音乐。它给我安慰，给我支持。

终于出院了，回到离开了几个月的家中，坐下来，便要求听一听音响，那声音到底和用耳机是不同的。莫扎特《第二十一钢琴协奏曲》的第二乐章，提琴组齐奏的那一段悠长美妙的旋律简直像从天外飘落。我觉得自己似乎已溶化在乐曲间，不知身在何处。第二乐章快结尾时，一段简单的下行的乐音，似乎有些不得已，却又是十分明亮，带着春水春山的妩媚，把整个世界都浸透了。没有人真的听见过仙乐，我想莫扎特的音乐胜过仙乐。

别的乐圣们的音乐也很了不起，但都是人间的音乐。贝多芬当然伟大，他把人间的情与理都占尽了，于感动震撼之余，有时会觉得太沉重。好几个朋友都说，在遭遇到不幸时，柴可夫斯基是不能听的，本来就难过，再多些伤心又何必呢。莫扎特可以说

第四辑 生命是一个说故事的人

是超越了人间的痛苦和烦恼,给人的是几乎透明的纯净,充满了灵气和仙气,用欢乐、快乐的字眼不足以表达,他的音乐是诉诸心灵的,有着无比的真挚和天真烂漫,是蕴藏着信心和希望的对生命的讴歌。

在死亡的门槛边打过来回的人会格外欣赏莫扎特,膜拜莫扎特。他自己受了那么多苦,但他的精神一点没有委顿。他贫病交加,以致穷死,饿死,而他的音乐始终这样丰满辉煌,他把人间的苦难踏在脚下,用音乐的甘霖润泽着所有病痛的身躯和病痛的心灵。他的音乐是真正的"上界的语言"。

虽然时代不同,文化背景不同,专业不同,莫扎特在音乐领域中全能冠军的地位有些像我国文坛上的苏东坡。莫扎特在短促的人生旅程间写出了交响乐、协奏曲、独奏曲、歌剧等许多伟大作品。音乐创作中几乎什么都和他有关,近来还考证出他是摇滚乐的祖师爷。苏东坡在宦游之余写出了诗词文赋等各种体裁的作品,始终是未经册封的文坛盟主。他们都带有仙气,所以后人称东坡为坡仙,传说中八仙过海时来了九朵莲花,第九朵是接东坡的,但他没有去。莫扎特生活在十八世纪,世界已经脱离了传说,也少有想象的光彩了,我却愿意称他为"莫仙"。就个人生活来说,东坡晚年屡遭贬谪直到蛮荒之地。但在他流放的过程中,始终有家人陪伴,侍妾王朝云为侍奉他而埋骨惠州。莫扎特不同，重病时也没有家人的关心。但是他不孤独，他有音乐（比较起来，中国女子多么伟大！）。

回家以后的日子里，主要内容仍是服药。最兴师动众且大张旗鼓的是服中药。我手捧药杯喝那苦汁时，下药（不是下酒）的是音乐。似乎边听音乐边服药，药的苦味也轻多了。听的曲目较广，贝多芬、柴可夫斯基、肖邦、拉赫玛尼诺夫等，还有各种歌剧，都曾助我一口（不是一臂）之力。便是服药中听勃拉姆斯，发现他的《第一交响曲》很好听。但听得最多的，还是莫扎特。

热气从药杯里冉冉升起，音乐在房间里回绕。面对伟大的艺术创造者们，我心中充满了感激。我觉得自己真是幸运而有福气，生在这样美好的艺术已经完成之后——而且，在我对时间有了一点自主权时，还没有完全变成聋子。

那祥云缭绕的地方
——记清华大学图书馆

图书馆,在一座大学里,永远是很重要的,教师在这里钻研学问,学子在这里发奋学习,任何的学术成就都是和图书馆分不开的。

我结识清华图书馆是从襁褓中开始的。我出生两个月,父亲执教清华,全家移居清华园。母亲在园中来去,少不得抱着我,或用婴儿车推着我。从那时,我便看见了清华图书馆。我想,最初我还不会知道那是什么。渐渐地,能认识那是一座大建筑。在上幼稚园时就知道那是图书馆了。

图书馆外面的石阶很高,里面的屋顶也很高,一进门便有一种肃穆的气氛。说来惭愧,对于孩子们,它竟是一个好玩的地方。不记得什么时候了,我第一次走进图书馆,父亲当时在楼下,向南的甬道里有一间朝东的房间,我和弟弟大概是跟着父亲走进来的。那房间很乱,堆满书籍文件,我不清楚那是办公室还是个人研究室,也许是兼而用之。每次去不能多停,我们本应立即出馆,但常做非法逗留,在房间外面玩。给我们的告诫是不准大声说话,于是我们的舌头不活动,腿却自由地活动。我们把朝南和朝西的甬道都走到头,甬道很黑,有些神秘,走在里面像是探险,有时我们去爬楼梯,跑到楼上再跑下来。我们还从楼下的饮水管中,吸满一口水,飞快地跑到楼梯顶往下吐,就听见水落地啪的一声,觉得真有趣。我们想笑却不敢笑,这样的活动从来没有被人发现。

上小学时学会骑车,有时由哥哥带着坐大梁,有时自己骑。当时校中人不多,路上清静,慢慢地骑着车左顾右盼很是惬意。我们从大礼堂东边绕过去,到图书馆前下车,走上台阶,再跑下来,再继续骑,算是过了一座桥。我们仰头再仰头,看这座"桥"和上面的楼顶。楼顶似乎紧接着天上的云彩。云彩大都简单,一两笔白色而已,但却使整个建筑显得丰富。多么高大,多么好看。这印象还留在我心底。

从外面看图书馆有东西两翼,东面的爬墙虎爬得很高,西面的窗外有一排紫荆树,那紫色很好看,可是我不喜欢紫荆,对于看不出花瓣的花朵我们很不以为然。有人说紫荆是清华的校花,如果真是这样,当然要刮目相看。

第四辑 生命是一个说故事的人

抗战开始，我们离开清华园，一去八年，对北平的思念其实是对清华园的思念。在清华园中长大的孩子对北平的印象不够丰富，而梦里塞满了树林、小路、荷塘和那一片包括大礼堂、工字厅等处的祥云缭绕的地方。胜利以后，我进入清华外文系学习，在家中虽然有一个小天地，图书馆是少不得要去的。我喜欢那大阅览室，这里是那样安静，每个人都在专心地读书。只有轻微的翻书页的声音。几个大字典架靠墙站着，字典永远是打开的，不时有人翻阅。我总是坐在最里面的一张桌上，因为出入都要走一段路，就可以让自己多坐一会儿。在那里看一些参考书，做各种作业。在家里写不出的作文，在图书馆里似乎是被那种气氛感染，很快便写出来。当然也有时在图书馆做功课不顺利，在家中自己的小天地里做得很快。

在这一段日子里，我惊异地发现图书馆变得越来越小，不像儿时印象中那样高大，但它仍是壮丽的，也常有一两笔白色的云依在楼顶。

四年级时，便要做毕业论文，可以进入书库。置身于书库中，真像是置身于一个智慧的海洋，还有那清华图书馆著名的玻璃地板，半透明的。让人觉得像是走在湖水上，也像是走在云彩上，真是祥云缭绕了。我的论文题目是《托马斯·哈代的诗》，本来我喜欢哈代的小说，后来发现他的诗也是大家，深刻而有感染力，便选了他的诗做论文题目。导师是美国教授温德。在书库里流连徜徉真是乐事，只是在当时火热的革命形势中，不很心安理得，觉得喜欢书库是一种落后的表现。直到以后很多年，经过时间的洗磨，又经过不断改造，我只记得曾以哈代为题做毕业论文，内容却记不起了。有一次，偶然读到卞之琳翻译的哈代的诗，竟惊奇哈代的诗原来这样好。

那时，图书馆里有教室。我选了邓以蛰的美学，便是在图书馆里授课，在哪间房间记不起了。这门课除我之外还有一个男生，邓先生却像有一百个听众似的，每次都做了充分准备，带了许多图片，为我们放幻灯。幻灯片里有许多名画和建筑，我在这里第一次看见蒙娜丽莎，可惜不记得邓先生的讲解了。这门课告诉我们，科学的顶尖是数学，艺术的顶尖是音乐。只是当时没有音响设备，课上没有听音乐。

父亲在图书馆楼下仍有一个房间，我有时去看看。常见隔壁的房门敞开着，哲学系学长唐稚松在里面读书，唐兄先学哲学又学数学，现在在"计算机科学与软件工程"方面有重大成就，享有国际声誉。我们在电话中谈起图书馆，谈起清华，都认为清华教我们自强、严谨，要有创造性，终身不能忘。

从清华图书馆里走出来的还有少年闻一多和青年曹禺。闻一多一九一二年入清华学堂，在清华学习九年，少不了要在图书馆

第四辑　生命是一个说故事的人

读书。九年中他在课余写的旧体诗文自编为《古瓦集》，去年经整理后出版。可惜我目力太弱，已不能阅读，只能抚摸那典雅的蓝缎面，让想象飞翔在那一片彩云之上。

曹禺的第一部剧作《雷雨》是在清华图书馆里写成的。我想那文科的教育，外国文学的熏陶，那祥云缭绕的书库，无疑影响着曹禺的成熟和发展。我们不能说清华给了我们一个曹禺，但我们可以说清华有助于万家宝成为曹禺。我想，演员若能扮演曹禺剧中人物，是一种幸运。他的台词几乎不用背，自然就会记得。"太阳出来了，黑暗留在后头，但是太阳不是我们的，我们要睡了。"上中学时，如果有人说一句"太阳出来了"，立刻会有人接上"黑暗留在后头"。"我的中国名字叫张乔治，外国名字叫乔治张"，短短两句话给了多么宽广的表演天地。也许这是外行话，但这是我的感受。

从图书馆走出的还有许多在各方面有成就的人，无论成就大小，贡献大小，都是促使社会进步的力量，想来在清华献出了毕生精力的教职员工都会感到安慰。

我已经把哈代忘了许多年。忽然有一天，清华图书馆韦老师告知我，清华图书馆中保存了我的毕业论文，这真是意外之喜。后知馆中还存有一九五〇、五一级的部分论文。我即分告同班诸友，大家都很高兴。韦老师寄来了我的论文复印件，可翻译为《哈代诗歌中的必然观念》，厚厚的有二十七页。我拿到这一册东西，仿佛看见了五十年前的自己，全部文章是我自己打出来的，记得为打这篇论文，我特地学了英文打字。原来我是想写一本研究哈代的书，这论文不过是第一章。生活里是要不断地忘记许多事，不然会太沉重，忘得太多却也可惜。我在论文的序言中说，希望以后有时间真写出一本研究哈代的专著以完夙愿。这夙愿看来是完不成了。我已告别阅读，无法再读哈代，也无法读自己五十年前写的文字。我想，若是能读，也读不懂了。

今年夏天，目疾稍稳定，去清华参观新安排的"冯友兰文库"，顺便也到图书馆看看。大阅览室依旧，许多同学在埋头读书，安静极了。若是五年换一届学生，这里已换过十届了。岁月流逝，一届届学生的黑发变成银丝，但那自强不息的精神永在。

京西小巷槐树街

这是一条长不足百米的胡同,两侧皆植槐树,掩映着一个个小宅院。名为槐树街,可谓名副其实。这一带街道,再没有种槐树的,若寻槐树街,认准槐树便是。

可能因为短小,人们说到它时,加之以"儿"——槐树街儿,似乎很亲热。树荫后面人家,经过许多变迁了,门前高台阶大都破旧不堪,双扇院门上的对联字迹模糊,很难辨认。有些双扇门已改为房门一样单扇门了,开在胡同里,有点不伦不类。但那门前歪斜的台阶,门上剥落的字迹,以及两行槐树,仍然像北京的数千条胡同一样,给人一种遥远的、宁静的气氛。

这个居民点总称成府,位于北大和清华之间。以前的燕京和清华,现在的北大和清华,都有教职工住在这里。

一个黄昏,我站在槐树街口,目的是看一看槐树街十号。

找到十号。门洞窄小,房子没有格局,直觉地感到不对。一个人出来说，原来的十号改为九号了，请到隔壁。

隔壁有几层台阶，门扇依然完好，若油漆一下，还是很像样的。经过仔细辨认，认清了门上的字，"中心育物，和气生春"。

我不记得这副对联。

进门向右，穿过一个小夹道，眼前豁然开朗，这是一个真正的四合院，正门朝北，垂花门开在西侧，正房对面建有南房。四面房屋都很整齐，木格窗，正房还有雕花。

院中几个人在闲坐，拿着蒲扇。旁边一棵石榴，正开着火红的花朵。正房前搭葡萄架，翠绿的叶子垂下来。多少年不见这样的院子了！

"这是我的出生地，就在这北房里。"寒暄后说明来意。

他们大概是东厢房的住户，很殷勤，却没有邀我进房去参观。只问："走了多少年了？出国了吧？"

其实我出生后两个月，随父母迁到清华。转了几十年，并没有转出北大清华这一带，很觉惭愧，只好含糊应了一句。

"我们是北大的职工，这房子属北大，新十号属清华。"他们介绍，"现在这院子住了八家。"

四面房屋前都搭了小棚屋，还停着一辆平板车，上有玻璃罩，写着"米酒"。

"是第二职业了?"我笑问。他们说是邻居的,当然是业余的。

告辞时主人说欢迎常来。我知道我不会常来。

出了门,见斜对过有彩灯一闪一闪,原来是开了一家冷饮小店。记得邻近的蒋家胡同有一间常三酒馆,当年是燕京学生们谈心的好地方,专营海淀莲花白,那酒有的粉红,有的青绿。后来酒馆改为门市部,专营全世界到处买得到的东西。走过时张望了一下,心中诧异,怎么没有听说常三酒馆要重新开张。

走过新建的砖房,简直说不出是什么式样。两墙之间有一条极窄小的胡同,仅容一人行走,通过去不知是哪里。墙上挂着崭新的牌子"新胡同",也是名副其实。

一阵清脆的笑声,从新胡同跑出几个女孩子。她们是要跳房子还是跳皮筋?我站住等着。她们不跳什么,笑着跑远了,把笑声留在胡同里。

三千里地九霄云

我在记忆之井里挖掘着,想找出半个多世纪以前昆明的图像。在那里,我从小女孩长成大姑娘,经历了我们民族在二十世纪中的头一场灾难,在亡国的边缘上挣扎,奋起。原以为一切都不可磨灭,可是竟有些情景想不起来,提笔要写下昆明的重要景色——白云时,心中只有一个抽象的概念:昆明的云很美。

只有概念,没有形象,这让我觉得可怕,仿佛眼前是个无底的黑洞,把所有的图像都吸进去了。

我记得蓝天,蓝得透明,蓝得无比。我在《东藏记》开头写着:"昆明的天,非常非常的蓝。这是一种不可名状的蓝,只要有一小块这样的颜色,就会令人赞叹不已了。而天空是无边无际的,好像九天之外,也是这样蓝着。蓝得丰富,蓝得慷慨,蓝得澄澈而光亮,蓝得让人每抬头看一眼,都要惊一下,'哦!有这样蓝的天!'"

蓝天上有白云,我记得的。可是云在哪里?我必须回昆明去,去寻找那离奇变幻的白云,免得我心中的蓝天空着,免得我整个的记忆留下缺陷。

于是我去了,乘汽车,乘飞机,倒也简单。一路上想,古人为鲈鱼辞官不做,若是现在,可以回乡享受了鱼宴再出来宦游,岂不两全?然而也就没有那弃官爵如敝屣的佳话了。

飞机沿西线飞,经太原、西安、重庆,到昆明坝。它穿过云层,沿着山盘旋,停在四周青山之间。

飞过了两千多里。若是走路,岂止三千里。为了那虚幻的云。

我站在昆明街角上了。头上蓝天似不如记忆中那样澄澈,似调了一点银灰和乳白,这是工业发展的效果。

天公为迎接我,在这一片不算宽阔的蓝天上缀满了白云。

昆明的云,我久违的朋友!我毫不费力地发现我的朋友与众不同处,他们也发现了我,立刻邀我进入云的世界。这一朵如山峰,层峦叠嶂,厚薄相接处似有溪流落下。那一朵如树丛,老干傍着新枝。这一朵如花苞,花瓣似张未张。那一朵如小船,正待扬帆起航。只一会儿工夫,这些图景穿插变幻,汇成一片,近处如积雪,远处如轻纱,伸展着,为远天拦上一层围幔。

忽然落下雨点儿,紧接着就是一阵急雨。人们站在街旁店铺的廊檐下。一个水果担子在我身旁。

"你家可买梨？宝珠梨。尝尝看。"挑担人标准的昆明话使我有余音绕梁之感。那是乡音！宝珠梨在记忆中甜而多汁，是名产。据说现在已经退化了，人们在培养新品种。我摇摇手，用乡音对答："梨么不要。你家说的话好听呢好听。"挑担人不解地望着我。那是典型的云南人的脸，这张脸在我的记忆之井中激起了许多玲珑的水泡，闪着虹的光亮。

雨停了，挑担人拢好箩筐上的绳索，对我笑笑："要赶二十里路回家嘛。"他向街的一头，十字路口走去，那里从前是城门。

雨后的天空，又是云的世界。我走几步便抬头，不免东歪西倒，受到"不好好走路"的责备。于是便专心走路，回想着白云下的宝珠梨担子，那陌生又熟悉的脸庞和天上的白云。

几天后，朋友们安排我去石林附近的长湖。五十年前，我曾到过那里。当时的长湖藏匿在茂密树木中，踏过曲折的石径，站到湖边时，会觉得如同打了一针镇静剂，一切烦恼不安都骤然离去，只有眼前的绿和绿意中水波的明亮，把人浸透了。我曾把这小小的湖列于西湖、太湖之上，因为它不是一般的风景，而是一种心灵的映照。

不料这一次我们驱车往路南尾泽乡，所遇震撼全在长湖之外。再没有坎坷不平的泥路，再没有背上放着木架的小马，有的是上上下下都十分平坦的公路，车子驶过，没有一点颠簸。行到高处，忽见前面豁然开朗，大片蓝天之上，有白云的图案，如一幅抽象派的画，不写真，不状物，只是一团团，一块块，一层层，卷着滚着，又在邀人进入云的世界。"昆明的云！"我叫起来，真想跳离了车子，扑到天边去！车行急速，转眼掀过了这一幅图画，眼前是无比真实的土地，鲜红色的土地，红土地！

红土地连着绿林，红土地连着蓝天，红土地连着白云！我亲爱的云南的土地！多少年来，我怎么忽略了这神秘的鲜艳的红色呢！在这红土上生长着宝珠梨，滋养着本地和外来的人，回荡着好听的昆明话；在这红土上伸展着蓝天，变幻着白云——

我们走过一个小村庄。村中房舍想必是用红土烧坯建成，屋顶墙壁一派暗红。村前池水也是红的，两三个系蓝布围腰的妇女在池边洗衣服，洗出来的衣服想必也是红的了。

颜色很绚丽，心里却酸苦。红土是酸性土壤，它的孕育是艰难的。

可是我相信，人人都会有一池清水，这是迟早的事。

尾泽小学已是正式的楼房了。院中植着花木，我住过的土坯房不见了，只是那片操场还在。五十年，该有多少农家孩子从这里得到启蒙的知识，打开了灵魂的窗户。而在操场和我一起学过阿细跳月的人们，还有几个能再来？

车直开到长湖边上，我还一再地问："是这里么？这是长湖么？"可见长湖大变样了。似是从一个纯真少女变成了人情练达的成年人。湖水不再掩藏在树木间，而是坦然地抚摸着开朗的湖岸。岸上有草地，有野炊用的泥灶，俨然一个公园。

我们坐在一个小冈上，良久不语。作为公园，这里还是不同一般的。水面澄清，天空开阔，而且是这样的蓝！

记得《西游记》中有推云童子、布雾郎君这样的角色，常被孙大圣传唤。布雾郎君且不说，这堆云童子无疑是个艺术家。蓝天上的云朵洒得疏密有致。渐渐地，小朵汇成大朵，如堆棉，如积雪。一会儿，棉和雪变化成一群白羊，一只大狗——狗是在牧羊吗？远山上出现了一个大玩偶，一只大袖子，有很长很弯的鼻子，似要到湖里吸水，那狗蹄子正踩在玩偶头上。玩偶不必发愁，狗蹄子很快移开了，愈来愈淡，狗消失了，只剩下群羊。想不到在无意间，得观白衣苍狗，更领悟子美"天上浮云如白衣，斯须改变如苍狗"之叹。

云还在变幻。一座七宝楼台搭起来了，又坍塌了。围湖的山和天相接处，一朵朵云如同很大的氢气球，正在欲升未升。不久化作大片纱幔，似是从山顶生出来的，把天和地连接在一起。而天是蓝的，地是红的，白云前还点缀着绿树。

归途中，一轮丽日当空。快到昆明了，忽然，年轻的朋友叫道："快看！彩云！"

哦！彩云！就在太阳的右下方，一朵椭圆形的彩云！刚看见时是玫瑰红，一会儿变作金色，一会儿又变作很浅的藕荷色。太亮了，我们不得不闭上眼睛。再看时，可能我的不正常的视力做了加工，只见彩云后面透出彩色的光，许多亮点儿成串地从云朵上流下，更让人不能逼视。

"不能看得太久，"我们说，"会折损了福气。"

太阳随着车子向前而后退，那彩云却面对面地向我们头顶飘来，随即消失。

云南这个名称，据说始于汉代，因彩云出现而得此名。有谁真正看到过彩云？如今有我。

昆明的云！美丽的云！在我的记忆之井中注满了活水。

"三千里地九霄云"。我拟下了一个作文题目。

第五辑
我心安处是燕园

一切事物聚到头,终究要散去的,散往各方,犹如天上的白云。

我爱燕园

我爱燕园。

考究起来,我不是北大或燕京的学生,也从未在北大任教或兼个什么差事。我只是一名居民,在这里有了三十五年居住资历的居民。时光流逝,如水如烟,很少成绩,却留得一点刻骨铭心之情:我爱燕园。

我爱燕园的颜色。五十年代,春天从粉红的桃花开始。看见那单薄的小花瓣在乍暖还寒的冷风中轻轻颤动,便总为强加于它轻薄之名而不平,它其实是仅次于梅的先行者。还没有来得及为它翻案,不要说花,连树都难逃斧钺之灾,砍掉了。于是便总由金黄的连翘迎来春天。因它可以入药,在校医院周围保住了一片。紧接着是榆叶梅热闹地上场,花团锦簇,令人振奋。白丁香、紫丁香,幽远的甜香和着朦胧的月色,似乎把春天送到了每个人心底。

绿草间随意涂抹的二月兰，是值得大书特书的。那是野生的花，浅紫掺着乳白，仿佛有一层亮光从花中漾出，随着轻拂的微风起伏跳动，充满了新鲜，充满了活力，充满了生机。简直让人不忍走开。紫色经过各种变迁，最后便是藤萝。藤萝的紫色较凝重，也有淡淡的光，在绿叶间缓缓流泻。这时便不免惊悟：春天已老。

　　夏日的主色是绿，深深浅浅浓浓淡淡的绿。从城里奔走一天回来，一进校门，绿色满眼，猛然一凉，便把烦恼都抛在校门外了。绿色好像是底子，可以融化一切的底子，那文眼则是红荷。夏日荷塘是我招待友人的保留节目。鸣鹤园原有大片荷花，红白相间，清香远播。动乱多年后，寻不到了。现在勺园附近、朗润园桥边都有红荷，最好的是镜春园内的一池，隐藏在小山之后，幽径曲折，豁然得见。红荷的红不同于桃、杏，鲜艳中显出端庄，就像白玉兰于素静中显出华贵一样。我曾不解为什么佛的宝座作莲花状，再一思忖，无论从外貌或品德比较，没有比莲花更适合的了。

　　秋天的色彩令人感到充实和丰富。木槿的花有紫有白，紫薇的花有紫有红，美人蕉有各种颜色，玉簪花则是玉洁冰清，一片纯白。而最得秋意的是树叶的变化。临湖轩下池塘北侧一排高大的银杏树，秋来成为一面金色高墙，满地落叶也是金灿灿的，踩

第五辑　我心安处是燕园

上去不由生出无限遐想。池塘西侧一片灌木不知名字，一个叶柄上对称地生着秀长的叶子，着雨后红得格外鲜亮。前年我为它写了一篇小文《秋韵》，去年再去观赏时，却见树丛东倒西歪，让人踩出一条路。若再成红霞一片，还不知要多少年！我在倒下的枝叶旁徘徊良久，恨不能起死回生！

一望皆白的雪景当然好看，但这几年很少下雪。冬天的颜色常常是灰蒙蒙的，很模糊。晴时站在未名湖边四顾，天空高处很蓝，愈往边上愈淡，亮亮地发白，枯树枝丫、房屋轮廓显出各种姿态，像是一幅没有着色只有线条的钢笔画。

我爱燕园的线条。湖光塔影，常在从燕园离去的人的梦中。映在天空的塔身自不必说，投在水中的塔影，轮廓弯曲了，摇曳着，而线条还是那么美！湖心岛旁的白石舫，两头微微翘起，有一点弧度，显得既圆润又利落。据说几座仿古建筑的檐角，就是因为缺少了弧度，而成凡品。湖西侧小山上的钟亭，亭有亭的线条，钟有钟的线条，钟身上铸了十八条龙和八卦。那几条长短不同的横线做出的排列组合，几千年来研究不透。

我爱燕园的气氛，那是人的活动造成的。每年秋天，新学年开始，园中添了许多稚气的脸庞。"老师，六院在哪里？""老师，一教怎样走？"他们问得专心，像是在问人生的道路。每年夏天，学年结束，道听途说则是："你分在哪里？""你哪天走?"布告牌上出现了转让车票、出让旧物的字条。毕业生要到社会上去了。不知他们四年里对原来糊涂的事明白了多少,也不知今后会有怎样的遭遇。我只觉得这一切和四季一样分明,这是人生的节奏。

有时晚上在外面走——应该说,这种机会越来越少了——看见图书馆灯火通明,像一条夜航的大船,总是很兴奋。那凝聚着教师与学生心血的智慧之光,照亮着黑暗。这时我便知道,糊涂会变成明白。

三角地没有灯,却是小小的信息中心,前两年曾特别热闹,几乎天天有学术报告,各种讲座,各种意见,显示出每个人都用自己的头脑在思索。一片绚烂胜过自然间的万紫千红。这才是燕园本色!去年上半年骤然冷落,只剩些舞会通知、电影广告和遗失启事,虽然有些遗失启事很幽默,却总感到茫然凄然。近来又恢复些生气。我很少参加活动,看看布告,也是好的。

我爱燕园中属于我自己的记忆。我扫过自家门前雪,和满地扔瓜子壳儿的男士女士们争吵过。我为奉老抚幼,在衰草凄迷的园中奔走过。我记得室内冷如冰窖的寒冬,也记得新一代水暖工送来温暖的微笑。我那操劳一生的母亲怀着无限不安和惦念在校医院病逝,没有足够的人抬她下楼。当天,她所钟爱的狮子猫被人用鸟枪打死，留下一只尚未满月的小猫。这小猫如今已是十一岁，步入老年行列了。这些记忆，无论是美好的还是痛苦的，都同样珍贵。因为那属于我自己。

我爱燕园。

燕园树寻

燕园的树何必寻?无论园中哪个角落,都是满眼装不下的绿。这当然是春夏的时候。到得冬天,松柏之属,仍然绿着,虽不鲜亮,却很沉着。落叶树木剩了杈丫枝条,各种姿态,也是看不尽的。

先从自家院里说起。院中的三棵古松,是"三松堂"命名的由来,也因"三松堂"而为人所知了。世界各地来的学者常爱观赏一番,然后在树下留影。三松中的两株十分高大,超过屋顶:一株是挺直的;一株在高处折弯,作九十度角,像个很大的伞柄。撒开来的松枝如同两把别致的大伞,遮住了四分之一的院子。第三株大概种类不同,长不高,在花墙边斜斜地伸出枝干,很像黄山的迎客松。地锦的条蔓从花墙上爬过来,挂在它身上。秋来时,好像挂着几条红缎带,两只白猫喜欢抓弄摇曳的叶子,在松树周围跑来跑去,有时一下子蹿上树顶,坐定了,低头认真地观察世界。

若从下面抬头看,天空是一块图案,被松枝划分为小块的美丽的图案,由于松的接引,好像离地近多了。常有人说,在这里做气功最好了,可以和松树换气,益寿延年。我相信这话,可总未开始。后园有一株老槐树,比松树还要高大,"文革"中成为尺蠖寄居之所。它们结成很大的网,拦住人们去路,勉强走过,便赢得十几条绿莹莹的小生物在鬓发间、衣领里。最可恶的是它们侵略成性,从窗隙爬进屋里,不时吓人一跳。我们求药无门,乃从根本着手,多次申请除去这树,未获批准。后来忍无可忍。密谋要向它下毒手了,幸亏人们忽然从"阶级斗争"的噩梦中醒来,开始注意一点改善自身的生活环境,才使密谋不必付诸实现。打过几次药后,那绿虫便绝迹。我们真有点"解放"的感觉。

老槐树下,如今是一畦月季,还有一圆形木架,爬满了金银花。老槐树让阳光从枝叶间漏下,形成"花荫凉",保护它的小邻居。因为尺蠖的关系,我对"窝主"心怀不满,不大想它的功绩,甚至不大想它其实也是被侵略和被损害的。不过不管我怎样想,现在一块写明"古树"的小牌钉在树身,更是动它不得了。

院中还有一棵大栾树,枝繁叶茂,恰在我窗前。从窗中望不到树顶。每有大风,树枝晃动起来,真觉天昏地暗,地动山摇，有点像坐在船上。这树开小黄花，春夏之交，有一个大大的黄色的头顶，吸引了不少野蜂。以前还有不少野蜂在树旁筑窝，后来都知趣地避开了。夏天的树，挂满浅绿色的小灯笼，是花变的。以后就变黄了，坠落了。满院子除了落叶还有小灯笼，扫不胜扫。专司打扫院子的老头曾形容说，这树真霸道。后来他下世了，几个接班人也跟着去了，后继无人，只好由它霸道去。看来人是熬不过树的。

出得自家院门，树木不可胜数，可说的也很多，只能略拣几棵了。临湖轩前面的两株白皮松，是很壮观的。它们有石砌的底座，显得格外尊贵。树身挺直，树皮呈灰白色。北边的一株在根处便分杈，两条树干相并相依，似可谓之连理。南边的一株树身粗壮，在高处分杈。两树的枝叶都比较收拢，树顶不太大，好像三位高大而瘦削的老人，因为饱经沧桑，只有沉默。

俄文楼前有一株元宝枫，北面小山下有几树黄栌，是涂抹秋色的能手。燕园中枫树很多，数这一株最大，两人才可以合抱。它和黄栌一年一度焕彩蒸霞，使这一带的秋意如醇酒，如一曲辉煌的钢琴协奏曲。

若讲到一个种类的树，不是一株树，杨柳值得一提。杨柳极为普通，因为太普通了，人们反而忽略了它的特色。未名湖畔和几个荷塘边遍植杨柳，我乃朝夕得见。见它们在春寒料峭时发出

第五辑　我心安处是燕园

嫩黄的枝条，直到立冬以后还拂动着；见它们伴着娇黄的迎春、火红的榆叶梅度过春天的热烈，由着夏日的知了在枝头喧闹。然后又陪衬着秋天的绚丽，直到一切扮演完毕。不管湖水是丰满还是低落，是清明还是糊涂，柳枝总在水面低回宛转，依依不舍。"杨柳岸，晓风残月"，岸上有柳，才显出风和月，若是光光的土地，成何光景？它们常集体作为陪衬，实在是忠于职守，不想出风头的好树。

银杏不是这样易活多见的树，燕园中却不少，真可成为一景。若仿什么十景八景的编排，可称为"银杏流光"。西门内一株最大，总有百年以上的寿数，有木栏围护。一年中它最得意时，那满树略带银光的黄，成为夺目的景象。我有时会想起霍桑小说中那棵光华灿烂的毒树，也许因为它们都是那样独特，其实银杏树是满身的正气，果实有微毒，可以食用。常见一些不很老的老太太，提着小筐去"捡白果"。

银杏树分雌雄。草地上对称处原有另一株，大概是它的配偶。这配偶命不好，几次被移走，有心人又几次补种。到现在还是垂鬟少女，大概是看不上那老树的。一院院中，有两大株，分列甬道两旁，倒是原配。它们比二层楼还高，枝叶罩满小院。若在楼上，金叶银枝，伸手可取。我常想摸一摸那枝叶，但我从未上过这院中的楼，想来这辈子也不会上去了。

它们的集体更是大观了。临湖轩下小湖旁，七棵巨人似的大树站成一排，挡住了一面山。我曾不止一次写过那金黄的大屏风。这两年，它们的叶子不够繁茂，已经不像从前那样有气势了。树下原有许多不知名的小红树，和大片的黄连在一起，真是如火如荼，现在莫名其妙地消失了，大概给砍掉了。这一排银杏树，一定为失去了朋友而伤心罢。

砍去的树很多，最让人舍不得的是办公楼前的两大棵西府海棠，比颐和园乐寿堂前的还大，盛开时简直能把一园的春色都集中在这里。至今有的老先生说起时，仍带着眼泪。可作为"老年花似雾中看"的新解罢。

还有些树被移走了，去点缀新盖的楼堂馆所。砍去的和移走的是寻不到了，但总有新的在生在长，谁也挡不住。

新的银杏便有许多。一出我家后角门，可见南边通往学生区的路。路很直，两边年轻的银杏树也很直。年复一年地由绿而黄。不知有多少年轻人走过这路，迎着新芽，踩着落叶，来了又走了，走远了——

而树还在这里生长。

燕园石寻

从燕园离去的人，可记得那些石头？

初看燕园景色，只见湖光塔影，秀树繁花，不会注意到石头。回想燕园风光，就会发现，无论水面山基，或是桥边草中，到处离不开石头。

燕园多水，堤岸都用大块石头依其自然形态堆砌而成。走进有点古迹意味的西校门，往右一转，可见一片荷田。夏日花大如巨碗。荷田周围，都是石头。有的横躺，有的斜倚，有的竖立如小山峰，有的平坦可以休憩。岸边垂柳，水面风荷，连成层叠的绿，涂抹在石的堤岸上。

最大的水面是未名湖，也用石做堤岸。比起原来杂草丛生的土岸，初觉太人工化。但仔细看，便可把石的姿态融进水的边缘，水也增加了意味。西端湖水中有一小块不足成为岛的土地，用大石与岸相连，连续的石块，像是逗号下的小尾巴。"岛"靠湖面一侧，有一条石雕的鱼，曾见它无数次沉浮。它半张着嘴，有时似在傍着水面吐泡儿，有时则高高地昂着头。不知从何时起，它的头不见了，只有向上翘着的尾巴，在测量湖面高低。每一个燕园长大的孩子，都在那石鱼背上坐过，把脚伸在水里，自由自在地幻想未来。等他们长大离开，这小小的鱼岛便成为他们生命中的一个逗号。

不只水边有石，山下也是石。从鱼岛往西，在绿荫中可见隆起的小山，上下都是大石。十几株大树的底座，也用大石围起。路边随时可见气象不一、成为景致的石头，几块石矗立桥边，便成了具有天然意趣的短栏。杂缀着野花的披拂的草中，随意躺卧着大石，那惬意样儿，似乎"嵇康晏眠"也不及它。

这些石块数以千计，它们和山、水、路、桥一起，组成整体的美。

燕园中还有些自成一家的石头可以一提。现在要选的七八块都是太湖石，不知入不入得石谱——

办公楼南两条路会合处有一角草地，中间摆着一尊太湖石，不及一人高，宽宽的，是个矮胖子。石上许多纹路孔窍，让人联想到老人多皱纹和黑斑的脸，这似乎很丑。但也奇怪，看着看着，竟在丑中看出美来，那皱纹和黑斑都有一种自然的韵致，可以细细观玩。

第五辑　我心安处是燕园

北面有小路，达镜春园。两边树木郁郁葱葱，绕过楼房，随着曲径，寻石的人会忽然停住脚步。因为浓绿中站着两块大石，都带着湖水激荡的痕迹。两石相挨，似乎你望着我，我望着你。路的另一边草丛中站着一块稍矮的石，斜身侧望，似在看着那两个伴侣。

再往里走，荷池在望。隔着卷舒开合任天真的碧叶红菡萏，赫然有一尊巨石，顶端有洞。转过池西道路，便见大石全貌。石下连着各种形状的较小的石块，显得格外高大。线条挺秀，洞孔诡秘，重峦叠嶂，都聚石上。还有爬上来的藤蔓，爬上来又静静地垂下，那鲜嫩的绿便滴在池水里、荷叶上。这是诸石中最辉煌的一尊。

不知不觉出镜春园，到了朗润园。说实话，我从来没有弄清两园交界究竟在何处。经过一条小村镇般的街道，到得一座桥边，正对桥身立着一尊石。这石不似一般太湖石玲珑多孔，却是大起大落，上下凸出，中间凹进，可容童子蹲卧，如同虎口大张，在等待什么。放在桥头，似有守卫之意。

再往北走，便是燕园北墙了。又是一块草地上，有假山和太湖石。这尊石有一人多高，从北面看，宛如一只狼犬举着前腿站立，仰首向天，在大声吼叫。若要牵强附会说它是二郎神的哮天犬，未尝不可。

原以为燕园太湖石尽于此了,晨间散步,又发现两块。一块在数学系办公室外草坪上。这是常看见的,却几乎忽略了。它中等个儿,下面似有底座,仔细看,才知还是它自己。石旁一株棣棠,多年与石为伴,以前依偎着石,现在已遮蔽着石了。还有一块在体育馆西、几条道路交叉处的绿地上,三面有较小的石烘托。回想起来,这石似少特色。但既是太湖石,便有太湖石的品质。孔窍中似乎随时会有云雾涌出,给这错综复杂的世界更添几分迷幻。

燕园若是没有这些石头,很难想象会是什么模样。石头在中国艺术中,占有极重要的地位,无论园林、绘画还是文学。有人画石入迷,有人爱石成癖,而《红楼梦》中那位至情公子,原也不过是一块石头。

很想在我的"风庐"庭院中,摆一尊出色的石头。可能因为我写过《三生石》这小说,来访的友人也总在寻找那块石头。还有人说确实见到了。其实有的只是野草丛中的石块。这庭院屡遭破坏,又屡屡经营,现在多的是野草。野草丛中散有石块,是院墙拆了又修,修了又拆,然后又修时剩下的,在绿草中显出石的纹路,看着也很可爱。

燕园桥寻

燕园西墙边这条路走过不止千万遍,从不觉得有什么特别。这次本想从路的一端出新校门去的,有人站在那儿说,此门只准走车,不能走人。便只好转过身来,循墙向旧西门走去。

忽然看见了那桥,那白色的桥。桥不很大,却也不是小桥,大概类似中篇小说吧。栏杆像许许多多中国桥一样,随着桥身慢慢升起,若把个个柱顶连接起来,就成为好看的弧线。那天水面格外清澈,桥下三个半圆的洞,和水中倒影合成了三轮满月。我的眼睛再装不下别的景致了。

"燕园桥寻",这题目蓦地来到了心头。我在燕园寻石寻碑寻树寻墓,怎么忘记了桥呢!而我素来是喜欢桥的。

再向前走,两株大松树移进了画面,一株头尖,一株头圆,桥身显在两松之间,绿树和流水连成一片。随着脚步移动,尖的一株退出了,圆的一株斜斜地掩盖着桥身,像在问答什么。走到桥头时，便见这桥直对旧西门。原来的设计是进门过桥，经过一大片草地，便到办公楼。现在听说为了保护文物，许久不准走机动车了，上下班时间过桥的行人与自行车还是很多。

冬天从荷塘边西南联大纪念碑处望这桥，雪拥冰封，没有了桥下的满月。几株枯树相伴，桥身分明，线条很美。上桥去看，可见柱头雕着云朵，扶手下横板上雕出悬着的流云，数一数，栏杆十二。这是燕园第一桥。

燕园的第二座桥，应是体育馆北侧的罗锅桥。这种桥颐和园里有。罗锅者，驼背之意也。桥面中间隆起，两面的坡都很陡，汽车是无法经过的，所以在桥旁修了柏油路。桥下没有流水，好在未名湖就在旁边，岸边垂柳，伸手可及，凭栏而立，水波轻，柳枝长。湖心边石舫泊在对面，可以望住那永远开不动的船。

不知中国园林中为什么设计这样难走的桥。圆明园唯一存下的"真迹"桥，也是一个驼背。现在因为残缺了，更是无法过去。再一想，大概园林中的桥不只是为了行走，而且是为了观赏。"二十四桥明月夜"，桥，使人想起多少景致。我未到过扬州，想来二十四桥一定各有别出心裁的设计，有的要高，有的要弯，有的要平，所以有的桥平坦如路，有的就高出驼背来了。

第三座桥是临湖轩下的小桥，桥身是平的，配有栏杆。栏杆在"文革"中打坏了半边，很长一段时间，我在心里称它为"断桥"。现在已修好了。桥的一边是未名湖,一边是一个小湖,真正的没有名字,总觉得它像是未名湖的女儿,就称它为女儿湖吧。夏初,桥边一株大树上垂下一串串紫藤萝,遗憾的是,没有小仙子从藤萝花中探出头来。秋初,女儿湖上有许多浮萍,开极鲜艳的黄花,映着碧沉沉的水,真如一幅油画。

未名湖还有两座简朴的桥。一座通湖心岛,是平而宽的石板桥,没有栏杆。这样湖面便显得开阔,不给人隔开的感觉。有时想,如果这里造的也是那种典型的桥,大概在感觉中湖面会小许多,可惜无法试验这想法是否正确。另一座从钟亭下通往沿湖各楼的小桥,不过几块青石堆成。桥下小溪一道,与未名湖相通,桥边绿树成荫,幽径蜿蜒,可以权且想象这路不知通往何方。其实,走过几步便是学校的行政中心办公楼了。

想着燕园的桥,免不了想到燕园的水。燕园中有大小湖泊,长短沟溪,正流着的水会忽然消失,隐入地下,过一段路又显现出来。从未名湖过去,以为没有水了,却又见西门内的水活泼泼地,向南形成了一片荷塘。从旧西门进来,经过荷塘,以为没有水了,东行却又见未名湖。勺园留学生楼北侧,立有塞万提斯像,在这位古装外籍人士的背后,横着一条深溪,两座小桥分架其上,一座四栏杆桥在荷塘边,一座六栏杆桥通往树丛之中。若不注意,只管走下去,顺脚得很,因为有桥连着呢。

俄罗斯盲诗人爱罗先珂的诗剧《桃色的云》中有这样几行反复出现的句子：

虹的桥是美丽的，
虹的桥是相思的。
虹的桥是想要上去的，
虹的桥是想要过去的。

我很喜欢《桃色的云》，曾多次撺掇剧院演出，总未果。桥本身就是美的，充满希望的；虹的桥更是美丽的，相思的，而且是属于春天的。

燕园北部镜春、朗润两园水面多，也有几个石板桥，印象中似乎特色不显著。这一带较有野趣，用石板平桥正可取。记得一年夏间，随意散步过来，过几处石桥，见两园交界处，数家民房，绿荫掩映，真有点江南小镇的风光。

曾见一个陌生人在曲折的水湾旁问路，人们指点说，前面有桥，有桥连着呢。

人老燕园

"人老燕园"这个题目,在心中已存放许久了。当时想的是父辈的老去。他们先是行动不便,然后坐在轮椅上,然后索性不能移动了。近年来,燕南园中年轻人愈来愈少。邻居中原来健步如飞的已用上发亮的助步器,原来拙于行的已要人搀扶了。我们的紧邻磁学专家褚圣麟教授年过九十,前几天在燕南园边上找不着回家的路。当时细雨迷蒙,夜色已降,一盏昏黄的路灯照着跌跌撞撞的老人。幸有学生往褚宅报信。老先生又不认得来接的人,问:"你是谁?这是上哪儿去?"

"是谁?""上哪儿去?"这是永恒的问题。我听到描述时,心中充满凄凉。人们的道路不同,这就是"是谁";路的尽头则一定是那长满野百合花的地方,人们从生下来便向那里走,这就是"上哪儿去"。

老父去世以后,燕南园中平稳了两年,接下来的是江泽涵先生和夫人蒋守方。

江先生是拓扑学引进者，几何学权威。在昆明西仓坡，我们便是对门而居，到燕南园后又是几十年的邻居，江老先生总是随着三个男孩称我为冯姐姐。他老来听力极差，又患喉癌，说话困难，常常十分烦躁，江家诸弟便开导他："看看人家冯先生，从来都是那么心平气和。"江、蒋二先生先后去世，相差不过十天。江先生去世时，并不知蒋先生已先他而去，两人最后的时光都拘禁在病室中，只凭儿孙传递消息。记得有一次我去他家探望，正值修理房子，屋里很乱，江先生用点表示家具什物，用线表示距离，做了一个图论的图，以求搬动的最佳方案。他向我讲解，可惜如对牛弹琴。江家老二说江先生的墓碑上要刻一拓扑图形。想到这拓扑图形将也掺杂在拥挤的墓碑群中，很是黯然。

十月间我有香港之行，不过十天。回来得知张龙翔先生去世，十分惊讶。张先生是生物化学家，八十年代曾任北大校长。九月间诸位老太太在张家小聚，我也忝列，还见他走来走去。张先生多年前曾患癌症，近年转到颈椎，不能起床，十分险恶。但经医疗和家人的用心调护，他竟能站立，能行走，而且出去开会。我总说张先生是真正的抗癌明星，怎么一下就去世了呢？

五十六号房屋继失去周培源先生之后，又一次失去了主人，唯有庭前树林依旧。

第五辑　我心安处是燕园

而我真正想到用"人老燕园"这个题目来作文，是因为自己渐增老态。多少年来我一直和疾病做斗争，总认为病是可以战胜的。我有信心，人能战胜疾病，人比疾病强大，也常以此鼓励病友。小时候读老舍的小说，记得里面有个人物老是抱怨说："从脑袋瓜子到脚步鸭子都是痛的。"我倒没有这样全方位发作，但却从头到脚轮流突出，不是这儿不舒服，就是那儿不舒服。近年忽然发现这麻烦不只是因病且因为老，而老是不可逆转、不可战胜的。

五月间我下台阶到院中收衣服，当时因自觉能干颇为得意，不料从台阶上摔下，崴了脚，造成跖骨骨折。全家为此折腾了三个多月，先是去校医院拍片子、上石膏，直到最后煎中药洗脚。坐着轮椅参加了两次集会。七月六日华艺出版社向希望工程赠书，其中包括新出版的《宗璞文集》。我坐轮椅前往参加，人家看我坐轮椅而来，不知我是何许人，想想实在滑稽。又一次北大纪念闻一多先生，我又坐轮椅前往，会议厅在二楼，却无电梯。北大副校长郝斌同志看见我，说："怎么搞的！你等等，别动。"呼啦一下来了好几个年轻人，将我抬上二楼，会议结束后，又将我抬下来。我看不清眼前的人，只知道他们都年轻，是青春的力量抬动我，要上便上，要下便下。我无法一一致谢，只好念念有词"多谢，多谢"。朋友们得知我摔伤，都说这是警告，往后一切要小心，因为人已经老了。

可不是吗，人已经老了。

儿时的友伴徐恒（糜岐），原是物理系学生，后来是我国第一代播音员。她常打电话来问痊愈到什么程度，知道我已除去石膏，正洗中药，便说要来看看。她来了，坐定后见我走路东歪西倒的样子，便要我好好走路，走时不怕慢，但不能跛，并对仲说"不能让她这样走路"。我一想起糜岐的话，便很感动，还有几个人这样操心管着我呢！在准兄弟姐妹中，糜岐是大姐，她是徐炳昶先生的长女，大姐做惯了。说起徐炳昶先生，也是河南唐河人，三十年代曾任北平研究院历史所所长。唐河有个传说，不知在哪个朝代，根据风水先生的意见，计划在唐河县城的四角建造四座塔，说是可以出人才。但只造好了两个塔，就停了工，可能是没有经费。于是只出了两个名人（其实唐河县人才济济），一个是冯友兰，一个是徐炳昶。我们和徐家有点拐弯亲戚关系，算起来糜岐还要高我一辈呢。近日，友人从美国寄来一份剪报，不知是哪家报纸刊登的一篇短文，题为"冯友兰二三事"，其中所言多系想象。文中说冯友兰和徐炳昶曾经为入河南省志问题而动手相打，我在电话上念给糜岐听，两人都大笑，互问"你的牙掉了没有！"这些胡说作为花絮还只是令人笑，可有些研究文章一本正经地把瞎话说得那么流畅，完全置事实于不顾，且为违背事

第五辑　我心安处是燕园

实编造出理论,南辕北辙,愈走愈远,真令人悲哀。

话说远了。以前作文似乎比较严谨,现在这样也是老态吧。另一不妙的事是自进入九十年代,我每年十月间好发气管炎,咳嗽剧烈,不能安枕。年年南逃也很麻烦,在仲的坚持下安置了土暖气,于学校供暖之前,自己先行供暖。那伙头军是心甘情愿的。见他头戴浴帽,下到地窖子去对付火炉,总担心他会摔倒。只赢得嘲笑说太爱瞎想。一天,他忽然说:"再过几年,我做不动了,怎么办?"

怎么办呢?其实用不着想。再过几年,我是否还需要温暖的房间?

自南方回来已十多天了。一夜的雨,天阴沉沉,地面到处湿漉漉,本来还是绿着的玉簪花,一夜之间枯黄了。读《静庵文集》,有句云"天色凄凉似病夫",不觉悚然而惊。又想起几句《人间词》:"最是人间留不住,朱颜辞镜花辞树""君看今日树头花,不是去年枝上朵"。乃又联想到法国诗人维龙的名句:"去年的雪今何在?"去年的花和雪永不能再,今年是今年的花和雪了。从王国维想到叔本华,年轻时很喜欢叔本华的哲学,现在连为什么喜欢也说不清,只模糊记得那"永久的公道"。叔本华说,世界之自身,即是世界之判词。他以为:意志肯定自己,乃有苦痛;则应负其责任,受其苦痛,这就是"永久的公道"。

人类简直没有逃出苦痛的希望。又记得这位老先生论艺术,说美是最高的善。想查书弄明白些,连书也找不到了。

雨停了,扶杖到角门外,见地下一片黄灿灿,铺成圆形,宛如一张华丽的地毯。原来是角门边大银杏树的落叶。仰望大树,光秃秃的枝干在天空刻上窄窄的线条。树不会跌倒,无须扶杖,但是它也会老,只是比人老得慢一些。

门外向南的一条直路,两边都是年轻的银杏树,叶子也已落尽,扫掉了。这条路通向学生宿舍,年轻的人在年轻的树下来来去去。转过身来,猛然间看见墙边凋残的月季枝头,居然有两朵红花,仰着头,开得鲜艳。

霞落燕园

北京大学各住宅区,都有个好听的名字。朗润、蔚秀、镜春、畅春,无不引起满眼芳菲和意致疏远的联想。而燕南园只是个地理方位,说明在燕园南端而已。这个住宅区很小,共有十六栋房屋,约一半在五十年代初已分隔供两家居住,"文革"前这里住户约二十家。六十三号校长住宅自马寅初先生因过早提出人口问题而迁走后,很长时间都空着。西北角的小楼则是校党委统战部办公室,据说还是冰心前辈举行"第一次宴会"的地方。有一个游戏场,设秋千、跷跷板、沙坑等物。不过那时这里的子女辈多已是青年,忙着工作和改造,很少有闲情逸致来游戏。

每栋房屋照原来设计各有特点,如五十六号遍植樱花,春来如雪。周培源先生在此居住多年,我曾戏称之为周家花园,以与樱桃沟争胜。五十四号有大树桃花,从楼上倚窗而望,几乎可以伸手攀折,不过桃花映照的不是红颜,而是白发。六十一号的藤萝架依房屋形势搭成斜坡，紫色的花朵逐渐高起，直上楼台。随着时光流逝，各种花木减了许多。藤萝架已毁，桃树已斫，樱花也稀落多了。这几年万物复苏，有余力的人家都注意绿化，种些植物，却总是不时被修理下水道、铺设暖气管等工程毁去。施工的沟成年累月不填，各种器械也成年累月堆放，高高低低，颇有些惊险意味。

这只不过是最表面的变化。迁来这里已是第三十四个春天了。三十四年，可以是一个人的一辈子，做出辉煌事业的一辈子。三十四年，婴儿已过而立，中年重逢花甲，老人则不得不撒手另换世界了。燕南园里，几乎每一栋房屋都经历了丧事。

最先离去的是汤用彤先生。我们是紧邻。一九六四年的一天，他和我的父亲同往《人民日报》开会批判胡适先生，回来车到家门，他忽然说这是到了哪里，找不到自己的家。那便是中风先兆了，不久逝世。记得曾见一介兄从后角门进来，臂上挂着一根手杖。我当时想，汤先生再也用不着它了。以后在院中散步，眼前常浮现老人矮胖的身材，团团的笑脸。那时觉得死亡是真不可思议的事。

一九七七年我自己的母亲去世后，死亡不再是遥远的了，而是重重地压在心上，却又让人觉得空落落，难于填补。虽然对死亡已渐熟悉，后来得知魏建功先生在一次手术中意外地去世时，还是很惊诧。魏家迁进那座曾空了许久的六十三号院,是在七十年代初,但那时它已是个大杂院了。魏太太王碧书曾和我的母亲说起,魏先生对她说过,解放以来经过多少次运动,想着这回可能不会有什么大错了,不想更错!当时两位老太太不胜慨叹的情景,宛在目前。

六十五号哲学系郑昕先生、后迁来的东语系马坚先生和抱病多年的老住户历史系齐思和先生俱以疾终。一九八二年父亲和我从美国回来不久,我的弟弟去世,在悲苦忙乱之余忽然得知五十二号黄子卿先生也去世了。黄先生除是化学家外,擅长旧体诗,有唐人韵味。老一代专家的修养,实非后辈所能企及。

女植物学家吴素萱先生原在北大,后调科学院植物所工作,一直没有搬家。七十年代末期,我进城开会,常与她同路。她每天六点半到公共汽车站,非常准时。我常把校园里的植物向她请教,她都认真回答,一点也不以门外汉的愚蠢为可笑。她病逝后约半年,《人民日报》刊登了一张她在看显微镜的照片,当时传为奇谈。不过我想,这倒是这些先生们总的写照。九泉之下,所想的也是那点学问。

冯定同志是老干部,和先生们不同。在五十五号住了几十年,受批判也有几十年了。他有名句言:"无错不当检讨的英雄。"不管这是针对谁的,我认为这是一句好话,一句有骨气的话。听说一个小偷到他家行窃,破窗而入,翻了半天才发现有人坐在屋中,连忙仓皇逃走。冯定对他说:"下回请你从门里进来。"这位老同志在久病备受折磨之后去世了。到他为止,燕南园向人世告别的"户主"已有十人。

但上天还需要学者。一九八六年三月六日,朱光潜先生与世长辞。

朱家在"文革"后期从燕东园迁来,与人合住原统战部小楼。那时燕南园已有八十余户人家。兴建了一座公厕,可谓"文革"中的新生事物。现在又经翻修,成为园中最显眼的建筑。朱家也曾一度享用它。据朱太太奚今吾说,雨雪时先由家人扫出小路,老人再打着伞出来。令人庆幸的是北京晴天多。以后大家生活渐趋安定,便常见一位瘦小老人在校园中活动,早上举着手杖小跑,下午在体育馆前后慢走。我以为老先生大都像我父亲一样,耳目失其聪明,未必认得我。不料他还记得,还知道我的近况,不免暗自惭愧。

我没上过朱先生的课,来往也不多。一九六〇年十月我调往《世界文学》编辑部,评论方面任务之一是发表古典文艺理论。我们组到的第一篇稿子是朱先生摘译的莱辛名著《拉奥孔:论画和诗的界限》,原书十六万字,朱先生摘译了两万多字,发表在一九六〇年十二月《世界文学》上。记得朱先生在译后记中论及

第五辑　我心安处是燕园

莱辛提出的为什么拉奥孔在雕刻里不哀号在诗里却哀号的问题。他用了"化美为媚"的说法，并曾对我说用"媚"字译charming最合适。媚是流动的，不是静止的；不只是外貌的形状，还有内心的精神。"回头一笑百媚生"，那"生"字多么好！我一直记得这话。一九六一年下半年他又为我们选译了一组文艺复兴时代意大利文艺理论，都极精彩。两次译文的译后记都不长，可是都不只有材料上的帮助，且有见地。朱先生曾把文学批评分为四类，以导师自居、以法官自命、重考据和重在自己感受的印象派批评。他主张第四类，这种批评不掉书袋，却需要极高的欣赏水平，需要洞见。我看现在《读书》杂志上有些文章颇有此意。

也不记得为什么，有一次追随许多老先生到香山，一个办事人自言自语："这么多文曲星！"我便接着想，用"满天云锦"形容是否合适，满天云锦是由一片片霞彩组成的。不过那时只顾欣赏山的颜色，没有多注意人的活动。在玉华山庄一带观赏之余，我说我从未上过"鬼见愁"呢，很想爬一爬。朱先生正坐在路边石头上，忽然说，他也想爬上"鬼见愁"。那年他该是近七十了，步履仍很矫健。当时因时间关系，不能走开，便说以后再来。香山红叶的霞彩变换了二十多回，我始终没有一偿登"鬼见愁"的夙愿，也许以后真会去一次，只是永不能陪同朱先生一起登临了。

"文革"后期政协有时放电影,大家同车前往。记得一次演了一部大概名为《万紫千红》的纪录片,有些民间歌舞。回来时朱先生很高兴,说:"这是中国的艺术,很美!"他说话的神气那样天真。他对生活充满了浓厚的感情和活泼泼的兴趣,也只有如此情浓的人,才能在生活里发现美,才有资格谈论美。正如他早年一篇讲人生艺术化的文章所说,文章忌俗滥,生活也忌俗滥。如季札挂剑、夷齐采薇这种严肃的态度,是道德的也是艺术的。艺术的生活又是情趣丰富的生活。要在生活中寻求趣味,不能只与蝇蛆争温饱。记得他曾与他的学生澳籍学者陈兆华去看莎士比亚的一个剧,回来要不到出租车。陈兆华为此不平,曾投书《人民日报》。老先生潇洒地认为,看到了莎剧怎样辛苦也值得。

朱先生从《给青年的十二封信》开始,便和青年人保持着联系。我们这一批青年人已变为中年而接近老年了,我想他还有真正的青年朋友,这是毕生从事教育的老先生之福。就朱先生来说,其中必有奚先生内助之功,因为这需要精力、时间。他曾要我把新出的书带到澳洲给陈兆华,带到社科院外文所给他的得意门生朱虹。他的学生们也都对他怀着深厚的感情。朱虹现在还怪我得知朱先生病危竟不给她打电话。

然而生活的重心、兴趣的焦点都集中在工作,时刻想着的都是各自的那点学问,这似乎是老先生们的共性。他们紧紧抓住不多了的时间,拼命吐出自己的丝,而且不断要使这丝更亮更美。有人送来一本澳大利亚人写的美学书,托我请朱先生看看值得译否。我知道老先生们的时间何等宝贵,实不忍打扰,又不好从我这儿驳回,便拿书去试一试。不料他很感兴趣,连声让放下,他愿意看,看看人家有怎样的说法,看看是否对我国美学界有益。据说康有为曾有议论,他的学问在二十九岁时已臻成熟,以后不再求改。有的老先生寿开九秩,学问仍和六十年前一样,不趋时尚固然难得,然而六十年不再吸收新东西,这六十年又有何用?朱先生不是这样。他总在寻求,总在吸收,有执着也有变化。而在执着与变化之间,自有分寸。

老先生们常住医院,我在省视老父时如有哪位在,便去看望。一次朱先生恰住隔壁,推门进去时,见他正拿着稿子卧读。我说:"不准看了。拿着也累,看也累!"便取过稿子放在桌上。他笑着接受了管制。若是自己家人,他大概要发脾气的,这是他生命中最重要的事啊。他要用力吐他的丝,用力把他那片霞彩照亮些。

奚先生说,朱先生一年前患脑血栓后脾气很不好。他常以为房间中哪一处放着他的稿子,但实际上没有,便烦恼得不得了。在香港大学授予他荣誉学位那天,他忽然不肯出席,要一个人待着,好容易才劝得去了。一位一生寻求美、研究美、以美为生的学者在老和病的障碍中的痛苦是别人难以想象的。他现在再没有寻求的不安和遗失的烦恼了。

文成待发,又传来王力先生仙逝的消息。我家与王家在昆明龙头村便是邻居,燕南园中对门而居也已三十年了。三十年风风雨雨,也不过一眨眼的工夫。父亲九十大寿时,王先生和王太太夏蔚霞曾来祝贺;朱光潜先生去世时,他们还去向朱先生告别,怎么就忽然一病不起!王先生一生无党无派,遗命夫妇合葬,墓碑上要刻他一九八〇年写的赠内诗。诗中有句云:"七省奔波逃狉狁,一灯如豆伴凄凉。""今日桑榆晚景好,共祈百岁老鸳鸯。"可见其固守纯真之情,不与纷扰。各家老人转往万安公墓相候的渐多,我简直不敢往下想了,只有祷念龙虫并雕斋主人安息。

十六栋房屋已有十二户主人离开了。这条路上的行人是不会断的。他们都是一缕光辉的霞彩,又组成了绚烂的大片云锦,照耀过又消失,像万物消长一样。霞彩天天消去,但是次日还会生出。在东方,也在西方,还在青年学子的双颊上。

湖光塔影

从燕园离去的人,难免沾染些泉石烟霞的癖好。清晨在翠竹下读书,黄昏在杨柳岸边散步,习惯了,自然觉得燕园的朝朝暮暮,和那一木一石融在一起,难以分开。在诸般景色中,最容易萦绕于人们思念的,大概是那湖光塔影的画面了。但若真把这幅画面落到纸上,究竟该怎样着笔,我却想不出。

小时候,常在湖边行走。只觉得这湖水真绿,绿得和岸边丛生的草木差不多,简直分不出草和水、水和草来;又觉得这湖真大,比清华的荷花池大多了,要不然怎么一个叫池,一个叫湖呢。对面湖岸看来不远,但可要走一会儿,不像荷花池一跑便是一圈。湖中心有一个绿色的小岛,望去树木葱茏,山石叠翠。岛东有一条白色的石船,永恒地停在那里。虽然很近,我却从未到过岛上,只在岸边看着鱼儿向岛游去,水面上形成一行行整齐的波纹。"鱼儿排队!"我想。在梦中,我便也加入鱼儿的队伍,去探索小岛的秘密。

　　一晃过了几十年,这里经过了多少惊涛骇浪。我在经历了人世酸辛之余,也已踏遍燕园的每一个角落,领略了花晨月夕,四时风光。未名湖,湖光依旧。那塔,应该是未名塔了,但却从没有人这样叫它。它矗立在湖边,塔影俨然。它本是实用的水塔,建造时注意到为湖山生色,仿照了通州十三层宝塔的式样。关于通州塔,有许多优美的传说故事,而这未名塔最让人难忘的,只是它投在湖水上的影子。晴天时,岸上的塔直指青天,水中的塔深延湖底。湖水一片碧绿,塔影在湖光中,檐角的小兽清晰可辨。阴雨时,黯云压着岸上的塔,水中的塔也似乎伸展不开。雨珠儿在湖面上跳落,泛起一层水汽,塔影摇曳了,散开了,一会儿又聚在一起,给人一种迷惘的感觉。雾起时,湖、塔都笼罩着一层层轻纱。雪落时,远近都覆盖着从未剪裁过的白绒毡。

　　月夜在湖上别有一番情调。湖西岸有一座筑有钟亭的小山,山侧有树木、草地和一条小路。月光在这儿,多少有些局促。循小路转过山脚,眼前忽然一亮,只见月色照得一片通明,水面似乎比白天宽阔了许多,水波载着月光不知流向何方。但那北岸树丛中的灯火,很快显示了湖岸的线条,透露了未名湖的秀雅风致。行近岸边,长长的柳丝摇曳着月色湖光。水的银光下是挺拔的塔影,天的银光下是挺拔的塔身。湖中心的小岛蓊蓊郁郁,显

第五辑　我心安处是燕园

得既缥缈又实在。这地面上留住的月光和湖面上的不同。湖面上的闪烁跳跃，如同乐曲中轻盈的拨弦；地面上的迷茫空灵，恰似水墨画中不十分均匀的笔触。

循路东行到一座小石桥边，向右折去，是一潭与未名湖相通的水。水面不大，三面山坡，显得池水很深。山坡上树木茂密，水边石草杂置。月光从树中照进幽塘，水中反射出冷冷的光，真觉得此时应有一只白鹤从水上掠过，好为那"寒塘渡鹤影，冷月葬诗魂"的诗句做出图解。

又是清晨的散步。想是因为太早，湖畔阒寂无人，只有知了已开始一天的喧闹。我在小山与湖水之间徐行，忽然想起，这山上有埃德加·斯诺先生的遗骨，我此时并不是一个人在这里。斯诺墓已经成为未名湖畔的一个名胜了。简朴的墓碑上刻着"中国人民的美国朋友"的字样。这墓地据说原是花神庙的遗址。湖边上，正在墓的迎面，有一座红色的、砖石筑成的旧庙门，那想是原来的庙门了。我想，中国的花神会好好照看我们的朋友。而"朋友"这个名词所表现的深厚情谊，正是我们和全世界人民关系的内涵。

站在红门下向湖中的岛眺望，那白石船仍静静地停泊在原处，树木只管各自绿着。但这几年，在那浓绿中，有一个半球状的铁网样的东西赫然摆在那里，仰面向着天空。那是一架射电天文望远镜,用来接收其他星体的电波。有的朋友认为它破坏了自然的景致,我却觉得它在湖光塔影之间,显示出人类智慧的光辉。儿时的梦在我的眼前浮起,我要探索的小岛的奥秘,早已由这架望远镜向宇宙公开了。

沉思了片刻,未名塔的背后已是一片朝霞。平日到这时分,湖边的人会渐渐多起来。有人跑步,有人读书,整个湖上充满了活泼的生意。这时却只有两个七八岁的小学生在我旁边。他们不知从何时起,坐在岸石上,聚精会神地观察水里的鱼。我想起现在已经放暑假了,孩子才有时间清早在水边流连。

"看!鱼!鱼排队!"他们高兴地大叫大嚷,一面指着水面上整齐的一行行波纹,波纹正向小岛行去。

"骑鱼探险去吧?"我不由得笑问。

"你怎么知道?"他们冲我眨眼睛,又赶快去盯住大鱼。我不只知道这个,还知道这小岛的奥秘早已不在孩子们话下,他们的梦,应该是探索宇宙的奥秘了。

我怕打扰他们,便走开了。信步来到大图书馆前。这图书馆真有北京大学的气派。四层楼顶周围镶嵌的绿琉璃瓦在朝阳的光辉里闪闪发亮,正门外有两大片草地,如同两潭清浅的池水。凸出的门廊阶下两长排美人蕉正在开放,美人蕉后是木槿树,雪青、洁白的花朵缀在枝头。馆门上高悬"北京大学图书馆"七个挺秀的大字。这里藏书三百二十万册,有两千多个座位,还是终日座无虚席。平时,每天清晨,总有许多人在门前等候。有几次,这些年轻人别出心裁,各自放下装得鼓鼓的书包,由书包排成了长长队伍。书包虽不像鱼儿会游泳,但却引导人们在知识的活水中得到营养,一步步攀登高峰。这些年轻人中的一部分已经奔向祖国的四面八方,用学得的知识从事建设了。今后,还会有更多的年轻人来这里学习,汲取知识的活水。

这时,我虽不在未名湖畔,却想出了一幅湖光塔影图。湖光、塔影,怎样画都是美的,但不要忘记在湖边大石上画一个鼓鼓的半旧的帆布书包,书包下压着一纸祖国的色彩绚丽的地图。

云在青天

二〇一二年九月九日,我离开了北京大学燕南园,迁往北京郊区。我在燕南园居住了六十年。六十年真的很长,我从满头黑发的青年人变成发苍苍而视茫茫的老妪。可是回想起来也只是一转眼的工夫。六十年中的三十八年,我有父母可依。还有二十二年,是我自己的日子。在这里,在燕南园,我送走了母亲(一九七七年)和父亲(一九九〇年),也送走了夫君蔡仲德(二〇〇四年)。最后八年,陪伴着我的是花草树木。

九月间玉簪花正在怒放,小院里两行晶莹的白。满院里都飘浮着香气。我们把玉簪花称为五十七号的院花,花开时我总要摘几朵养在瓶里,便是满屋的香气。我还想挖几棵带到新居,但又想,今年天气已渐冷,不是移植的时候了。它们在甬路边静静地看着我离开,那香气随着我走了很远。

院里的三棵松树现在只剩两棵,其中一棵还是后来补种的。

第五辑　我心安处是燕园

原有的一棵总是那么枝繁叶茂，一层层枝干遮住屋檐的一角，我常觉得它保护着我们。这几年，只要我能走动，便在它周围走几步，抱一抱它。现在，我在它身边的时间越来越短，因为已不能久站。我离开的时候，特意走到它身旁拥抱它，向它告别。如果它开口讲话，我也不会奇怪。

北京大学哲学系主任王博和几位朋友来送我，我把房屋的钥匙交给王博。是他最早提出建立故居的想法。我再来时将是一个参观者。我看了一眼门前的竹子，摸了一下院门两旁小石狮子的头，上了车，向车窗外无目标地招手。

车开了，我没有回头。

决定搬家以后，我尽量找机会再去亲近一下燕园，最主要的当然是未名湖。湖北端的那条石鱼还在，在它的鳍背上缠绕着我儿时的梦。九岁那年，抗日战争爆发，我曾在燕园暂住，常来湖边玩耍，看望这条石鱼。七十多年过去了，我长大了，它还依旧。

现在湖北侧的四扇屏一带有几株蜡梅，不过我很少看见它的花，以后也不会看见了。从这里向湖上望去，湖光塔影尽收眼底，对岸的花神庙和石桥也是绝妙的点缀。从几座红楼前向湖边走去时，先看见的是湖边低垂的杨柳和它后面明亮的水光。不由得想到"杨柳依依"这四个字。它柔软的枝条是这样婉转妩媚，真好像缠绕着无限的惜别之情。那"依依"两个字，真亏古人怎么想得出来！每次到这里，我总要让车子停住，看一会儿。

在燕园流连的时候，我总在想一件事，在我离开家的时候，正确地说是离开那座庭院的时候，我会不会哭。

车子驶出了燕南园，我没有回头，也没有哭。

有人奇怪，我怎么还会有搬家的兴致。也有朋友关心地一再劝说老年人不适合搬家。但这不是我能够考虑的问题。因为"三松堂"有它自己的道路。一九五二年院系调整，冯友兰先生从清华园乙所迁到北大燕南园五十四号。一九五七年开始住在五十七号。他在这里写出了他最后一部巨著《中国哲学史新编》。他在《自传》的《序言》中有几句话："三松堂者，北京大学燕南园之一眷属宿舍也，余家寓此凡三十年矣。十年动乱殆将逐出，幸而得免。庭中有三松，抚而盘桓，较渊明犹多其二焉。"这是"三松堂"的得名由来。北京大学已经决定将"三松堂"建成冯友兰故居，以纪念这一段历史，并留下一个完整的古迹。这是十分恰当的，也是我求之不得的。我必须搬家，离开我住了六十年的地方。

搬家就需要整理东西，我眼看着凌乱的弃物，忽然觉得我很幸运，我在生前看到了死后的情景。"三松堂"内的书籍我已先后做了多次捐赠。父亲在世时，便将一套《百衲本二十四史》

第五辑　我心安处是燕园

赠给家乡唐河县图书馆。父亲去世后，两三年间，我将藏书的大部分，包括《丛书集成》和《四部丛刊》等分批赠给清华大学思想文化研究所，他们设立了冯友兰文库，后转归历史系，两个大房间装满了一排排的书，能在里面徜徉必是一件乐事。现在做最后的清理，将父亲著作的各种版本和其他的书一千余册赠清华大学图书馆。我曾勉力翻检这批书，有些是我从未见过的，书名也没听说过。如有一本《佛国碧缘击节》，很大的一本书，装帧极好。我很想看一看内容，可是只能用手摸摸。清华大学图书馆很快建立了一间冯友兰纪念室，陈设这些书籍。河南南阳卧龙区档案馆行动较早，几年前便要去了书房、卧室的主要家具。唐河县冯友兰纪念馆建成后，我也赠予了少量家具和衣物等。还有父亲在世时为唐河县美学学会写的一幅字，可能这个组织后来没有成立，这幅字就留在家里。现在正好作为唐河县纪念馆的镇馆之宝。韩国檀国大学有教师在北大学习，知道要建冯友兰故居，便来联系，便也赠给他们几件什物和书籍。他们要在学校中辟出房间，专门摆放，以纪念冯友兰先生。

最主要的东西仍留在"三松堂"，包括照片、各种文稿（含少量手稿）、信件、字画、生活用品、摆件及书籍和家具，还有父亲写的几帧条幅。这里的东西有的并不只限于六十年，几个书柜是从上世纪三十年代便在清华园乙所摆放过的。多年不曾开过的抽屉里，有一沓信封，上印"昆明国立西南联合大学冯笺"，是父亲没有用完的信封。一个旧式的极朴素的座钟，每半小时敲打一次，夜里也负责任地报时。父亲不以为扰，如果哪天不响，反而会觉得少了什么。院中的石磨是母亲用来磨豆浆的，三年困难时期母亲想改善我们的生活，不知从哪里得来这个石磨，但实际没有磨出多少豆浆。这些东西，般般件件都有一个小故事。将来建成后的冯友兰故居，有他的内容在，有他的灵魂在。

我们还发现了一份完整的手稿《新理学答问》。纸已经变黄变脆，字迹却还可以看清。我决定将它送给国家图书馆。在那里已经有了《新世训》《新原人》的手稿，让它们一起迎接未来。

东西是一件一件陆续积累的，散去也不容易，我一批一批安排它们的去处。到现在已近一年，可以说才进入尾声。在这段时间里，一切都进行得很自然，我没有一点感伤。一切事物聚到头，终究要散去的，散往各方，犹如天上的白云。

最有影响的是冯友兰的著作。近来，许多报刊都刊载了韩国总统朴槿惠①的话，她说，在她处于生命的最低谷时，是中国哲学家冯友兰的《中国哲学史》像灯塔一样照亮了她的生活。西南联大校友吴大昌写信来，说他看到了二〇一二年出版的一本

---

① 朴槿惠为韩国前总统。

书《冯友兰论人生》,其中一篇文章《论悲观》是为他写的。一九三九年在昆明,他向冯先生请教人生问题,冯先生为回答他的问题写了这篇文章,他得到了帮助。他说:"我是一个受益的学生。我钦佩他的博学深思,也感谢他热心助人。"这都是中国哲学的力量,学中国哲学是一种受用。近年来,有一百多家出版社出版了冯友兰的著作。海外关于冯著的出版也从未断绝。《中国哲学简史》一九四八年问世以来,一直行销不衰。《贞元六书》中的《新原道》于一九四六年经英国人Hughs译成英文,名为《中国哲学之精神》在伦敦出版。我一直以为这本书没有能够再版。最近得到消息,这本书在这几十年间,一直有英、美数家出版社出版,隔几年便出一次,最近的一次在二〇〇五年。我非常惊异这本书的生命力,和冯著其他书一样,"文章自有命,不仗史笔垂",它们勇敢地活着,把力量传播到四方,如同云在青天。

在这个世界上有很多不公道,但还是善良的人居多。对那些关心我、帮助我的人,我永远怀着感激之情。有些帮助是需要勇气的。从这里我看到人的高贵,一些小事也是历历在目。就燕园而言,北大校方对我时有照顾。还有那些不知名的人。地震期间,来帮助搭地震棚的学生和教师,他们走过这里便来帮忙。一次修房,需要把东西搬开,有一个班的学生来义务劳动,很是辛苦。就在我离开燕园的前几天,有人在信箱里放了一张复印件,那是一篇关于父亲的文章(《1948—1949冯友兰再长清华》)。放的人大概怕我没有看到。一切的好意我都知晓、领受,不能忘记。

  一次从外面回来,下车时,一位中年人过来搀扶,原来是一位参观者。还有一位参观者从四川来,很想向冯先生的照片礼拜一番。当时我的原则是,室内不开放,只能在园内参观。不料,这位先生在甬路上下跪,恭敬地三叩首,然后离去。一位北大校友来信说,他在学校五年,没有到过燕南园。现在要回学校来,目的之一是看看"三松堂"。隔些时就有人来看望"三松堂",多年来一直是这样。这里仿佛有一个气场,在屋内的房间里,也在屋外的松竹间,充满着"蜡炬成灰泪始干"的执着和对文化的敬重,还有对生活的宽容和谅解。现在,这里将建为冯友兰故居,可以得到大家的亲近。希望这里能继续为来者提供少许的明白和润泽。

  我离开了。我没有回头,也没有哭。